Marie-Laure de Shazer

Les quatre vies dans le jardin de la Louisianne

Nouvelle Edition Ajoutée

Les quatre vies dans le jardin de la
Louisinane (reédition)
© Texte. 2022, Marie-Laure de Shazer.

ISBN: 9798364938244

Publié en 2022 par deShazer Publishing, Etats Unis

Les Livres Du Même Auteur:

- Qiu Jin La Jeanne D'arc Chinoise
- Le Club Des Confucéens Et Lizhi, Le Mal Aimé
- Pan Yu Liang La Manet De Shanghai
- Les Jean Jacques Rousseau En Chine
- Les Secrets Du Monde Chinois
- Mon Jardin De Pékin
- Pénélope Et Le Monde De Homère.
- Penelope's Odyssey (The Survivors Of Katrina).
- Le Village D'hommes
- La Joueuse De Cuju (Ancêtre Du Football)
- Chinese For Everyone: For All Ages And Learning Styles. (Editions Anglaise Et Chinoise)
- Chinese Characters For Everyone (Sherlock Holmes In The Land Of Chinese Characters)
- Dictionary Of Chinese Characters And Their Compositions.
- Chinese Characters Made Easy For Everybody.
- Chinese Characters Maze
- Spanish Adjectives From A To Z
- French Ajectives From A To Z
- Similar French-English Verbs Volume1,2,3
- Un Orphelin Chinoise En Amérique
- A Chinese Orphan In America
- Journal D'une Femme Violée
- Sherlock Holmes And The Chinese Will
- I Was Called The Little Chinese
- La Beauté De Shanghai
- The Beauty Of Shanghai
- Dictionary Of Confuse Chinese Characters
- Chinese Characters And Vocabulary: A Study Guide For The HSK Exam Volumes 1,2,3,4,5,6
- Laura Déchiffre Les Vingt Mondes

Remerciement

Je dédie ce livre à Jimmy Demangeaux, fondateur du CODOFIL(Conseil pour le Développement du Français en Louisiane) et à tous ceux qui ont été sujets à loi de 1915 à 1968 qui interdisait aux personnes de parler le français en Louisiane.

Table des matières

Jamais di: «Fontaine, mo va jamais boi to dolo.»

Ne dis jamais: «Fontaine, je ne boirai jamais de ton eau»

Première Vie

Deux Chênes Verts, l'Abbé Prévôt, Napoléon

L'air de la Nouvelle-Orléans, en cette tiède matinée, avait la saveur d'un fondant. Il était doux, frais, humide et scintillant.

C'était un air de pur printemps qui se répandait dans les boulevards du quartier français. On s'étonnait de respirer une telle odeur enivrante, semblable à celle du lotus.

Soudain, un nuage noir creva, tout gorgé d'eau comme une ampoule. La pluie mitrailla les rues, tel un fusil enrayé. Gravement atteintes, les vitres pleuraient sous le crépitement meurtrier des projectiles humides.

Derrière ce rideau de pluie, un homme de taille moyenne marchait dans les rues enveloppées de boue et de poussières. L'averse ne semblait pas le perturber. De loin, on pouvait apercevoir sa silhouette luire comme un cuivre poli.

Après avoir quitté la Nouvelle-Orléans dix ans auparavant, ce jeune homme anglo-américain s'en retournait maintenant au « Jardin de la Louisiane». Ce jardin était spécial, parce qu'il détenait le secret de sa liaison interdite avec une Créole française.

Il voulait la rejoindre dans le jardin que leurs ancêtres francophones avaient bâti. Malgré le mépris qu'affichait sa famille anglo-américaine à l'égard de sa bien-aimée, il n'avait pas cédé au désespoir.

Cependant, le temps est comme une vague déchaînée, il abîme tout sur son passage et laisse des traces indélébiles. Il l'avait quittée jadis pour aller faire son droit à Oxford et il espérait aujourd'hui unir les différentes races de la

Louisiane: Les Amérindiens, les Créoles blancs, les Antillais Africains, les Acadiens et les Britanniques.

Mike Sand avait donc pour la première fois de sa vie croqué au fruit défendu: « La femme française métissée ». Elle était comme la pomme d'Adam et Ève parce que dans sa famille maternelle britannique, les Anglo-saxons protestants ne se mariaient qu'entre eux.

Il se souvenait du petit lac de ce jardin qui murmurait le nom de sa bien-aimée: « Marie-Louise ».

La pièce d'eau reflétait ses doux et longs cheveux noirs. Elle les caressait comme elle eût touché de la soie. Sa peau brunie par le soleil révélait le passé de ses ancêtres français, créoles, belges et espagnols. Elle laissait son beau corps se mêler aux herbes grimpantes et s'abandonnait aux caresses de son amant.

Les brises qui faisaient frémir les feuilles des arbres et danser les jacinthes évoquaient le passé douloureux des guerres entre les Espagnols, les Anglais, et les Français. Les ratons laveurs, les chats et les chiens qui s'aventuraient dans ce jardin ne parlaient qu'une seule langue: le français. C'est aussi dans ce jardin que l'on avait célébré la découverte de la Louisiane. On avait encore pleuré la mort de Bonaparte et la vente de la Louisiane à Thomas Jefferson. Dans ce même jardin, on avait écrit à Jefferson de faire en sorte que Napoléon fût exilé en Louisiane et non à Sainte-Hélène. Les Louisianais s'étaient réunis en priant que Napoléon acceptât le mariage entre une Américaine, Elizabeth Paterson, et Jérôme Bonaparte. Mais les arbres tremblèrent de peur lorsque Napoléon annula le mariage et força son frère à abandonner sa femme enceinte. Chaque année, les amoureux allaient dans le jardin de la

Louisiane en souhaitant que ces deux amants se retrouvassent dans une autre vie.

Mike Sand revoyait sa belle Marie-Louise courir et se jeter sur les herbes desséchées par le soleil. Les insectes se délectaient à piquer leur visage, lorsque les deux amants se déguisaient en Jefferson et Napoléon.

Plus il s'approchait du jardin, plus les souvenirs jaillissaient dans ses yeux comme une fontaine.

Dix ans s'étaient écoulés et Mike Sand n'avait pas eu le courage de la revoir après ses études de droit en Angleterre. On dit souvent que les paroles sont comme le temps, elles s'envolent. Plus il s'éloignait du quartier français, plus il se souvenait de la belle Marie-Louise et de la vie qu'il avait partagée avec elle. Il revoyait le visage hâlé du père de celle-ci, qui exhalait des regrets d'avoir ramené une femme maussade. Les rumeurs disaient aussi qu'il était descendant d'un esclave abolitionniste et que sa peau métissée en était la preuve. Cependant, ses origines créoles et son accent louisianais avaient forgé en lui un caractère doux et tolérant. Il était fier de dire que ses ancêtres avaient assisté au baptême de la Nouvelle-Orléans, ville nommée en l'honneur du Régent Philippe d'Orléans. Sa femme était différente. Elle ne descendait pas d'une famille noble française et ne possédait aucun château en France. Marie-Louise avait l'impression de voir en son père la Comédie de Molière et en sa mère, la Tragédie de Racine.

Elle apprit très jeune à lire et à écrire le français. Cependant, sa mère, de souche française, ne supportait pas les intonations de son mari. Ses voyelles longues l'irritaient. Elle n'avait pas eu le choix et avait dû suivre son époux en Louisiane. Elle n'aimait que Paris et la vie à la Nouvelle-Orléans était si houleuse qu'elle se lamentait de son sort. Elle avait trop de naïveté aux yeux d'une société factice qui ne pensait qu'à l'apparence, aux manières et aux salons. Elle vénérait Napoléon III, neveu de Napoléon 1er, parce qu'il avait fait beaucoup pour développer l'instruction des filles. Elle se réjouissait de connaître le nom de la première candidate reçue au baccalauréat: Julie Victoire Daubie. Le second empire correspondait, selon elle, à l'une des plus formidables époques de développement et de prospérité que la France eût connue. Elle était fière de dire que Paris était devenue l'une des plus belles capitales du monde grâce aux travaux du Baron Haussmann.

Quand elle rencontrait des journalistes qui parlaient de censure et du manque de liberté de la presse à Paris, elle changeait vite de trottoir. Elle pensait alors que Napoléon III bannissait les œuvres de Flaubert parce qu'il voulait défendre la morale dans le pays. Mais en Louisiane, les œuvres de l'écrivain s'achetaient puisque la liberté de presse y était présente.

Selon elle, Napoléon III était à l'origine de tous les progrès: droit de grève et d'organisation des salariés (ancêtres des syndicats) accordés en 1864, élévation du niveau de vie des ouvriers et des paysans, soupes populaires organisées pour les pauvres, premiers systèmes de retraites et assurances maladies pour les ouvriers, développement de l'éducation de masse, notamment pour les filles.

Les journalistes, en Louisiane, se plaignaient malgré tout de Napoléon III et soutenaient l'œuvre de Victor Hugo, bâtie sur l'opposition permanente entre la gloire de Napoléon 1er et la bassesse tyrannique prêtée à Napoléon III. Elle contribua considérablement à asseoir l'image d'un despote et d'un repoussoir.

La mère de Marie-Louise ne cessait de répéter à sa fille

qu'elle avait épousé son mari louisianais par pitié. Elle reconnaissait à son époux le talent d'avoir accumulé beaucoup d'argent grâce à la richesse de ses terres. Ce bon vivant, solide et jovial, était content de lui et de ses succès. Doté d'une robuste santé et d'une bonne humeur qui semblait inaltérable, il était bien décidé à vivre cent années. Les mauvaises langues de la Nouvelle-Orléans l'accusaient d'avoir engrossé des jeunes filles de couleur, des Indiennes, et d'avoir légitimé ses rejetons. Alors qu'il coulait une existence joyeuse et insouciante, sa femme se plaignait constamment de sa vie en Louisiane. Rien ne ressemblait aux boulevards du Baron Haussmann et au style parisien. La nourriture n'était pas très bonne à son goût car trop épicée.

A force de voir son mari déjeuner de tortues de mer, elle avait pris peur que son dos ne se transformât en une vraie carapace dans leur lit. Depuis, elle faisait chambre à part.

Elle représentait le type déplaisant de la femme inhibée sexuellement et offensée. Pour elle, seul Napoléon III était un homme de moralité puisqu'il avait censuré les œuvres de Flaubert! Elle ne se sentait jamais aimée, ni appréciée par les Créoles blancs. Cependant, elle se sentait supérieure parce qu'elle parlait la langue de Molière. Son pauvre mari avait lui hérité la langue de ses ancêtres et elle avait l'impression d'entendre un tambour lorsqu'il lui disait: «mo, mi » au lieu de « mon ». Elle s'offusquait lorsqu'elle entendait dire: « ma catin » (ma poupée en vieux louisianais, mais « ma petite putain» dans sa langue à elle).

Les portraits de Napoléon 1er lui donnaient la migraine, et son mari fermait vite la porte lorsqu'il l'entendait crier: «Traître, tu as vendu la Louisiane!»

Elle blâmait Napoléon Bonaparte de son mal de vivre et

elle était persuadée que depuis la vente de la Louisiane aux Etats-Unis, les ancêtres de son mari auraient dû rentrer en France! Elle souffrait aussi d'anglophobie. Elle appelait les Anglais des 'cous rouges' parce qu'ils avaient le cou brûlé après avoir travaillé jusqu'au coucher du soleil, tandis que le reste de leur peau ne bronzait pas.

Elle ne cessait de tourmenter son mari avec ses crises hystériques et son mal de vivre. Et pourtant cette parisienne n'était nullement une femme sans intelligence. Elle pouvait rester des heures durant absorbée dans des livres d'Alexandre Dumas, de Balzac, de Victor Hugo ou de Lamartine. Elle engloutissait les textes de ces auteurs, de crainte que la langue louisianaise ne la contaminât.

Descendant d'une famille de commerçants parisiens, elle apporta l'avarice dans la vie familiale.

- Dépenser de l'argent est un crime, gagner de l'argent est une vertu, criait-elle à son mari.

Quand celui-ci n'épargnait point, elle s'exclamait:

- Il n'y avait que Napoléon 1er pour avoir ces idées de grandeur. Il a vendu la Louisiane pour pouvoir les réaliser. Napoléon III, lui est différent de son oncle. Il croit en l'éducation des femmes. Quand je pense que les religieux sont contre cette idée et ont osé me dire:

- Eduquer une femme est dangereux comme le Jardin d'Eden. Ne créez pas d'écoles pour les femmes en Louisiane! Et ce Napoléon Bonaparte, au lieu de conclure la vente de la Louisiane, il aurait mieux fait d'écrire avec Jefferson un livre sur la réduction des dépenses de guerre.   Je crois en Napoléon III qui pense à l'avenir des femmes parisiennes!

Même si Napoléon 1ᵉʳ était mort depuis belle lurette, elle le tenait pour responsable des mauvaises récoltes qui touchaient la Louisiane, des mauvaises naissances, des femmes aux vertus peu catholiques.

Marie-Louise avait donc souffert de cette femme constamment maussade et chez qui l'instinct maternel était refoulé.   Il ne fallait surtout pas qu'elle exprimât ses émotions en public. Selon sa mère, exprimer ses émotions était comme faire brûler un rôti. Par contre, réprimer toute émotion était pur comme de la pierre. Marie-Louise n'avait jamais vu sa mère s'attendrir. Pour elle, les câlins et les bisous étaient des familiarités déplacées.

A peine eut-elle mis au monde sa fille qu'elle l'éloigna de la maison comme un insecte répugnant.

Le bébé fut alors envoyé chez ses grands-parents espagnols et français. Pour la mère, ses beaux-parents parlaient un français douteux, « c'est à dire un français de chiot », comme elle disait.

Les grands-parents avaient aussi une servante créole de couleur qui avait pour fonction de bien s'occuper de Marie-Louise. Devenue une fillette, celle-ci pouvait rendre visite à sa mère une fois par semaine, le dimanche. Mais voilà, la petite jeune fille n'était pas assez française à son goût et ne parlait pas la langue de Molière, mais un français fort suspect: « jé vé ô liteux » (je vais au lit). Elle parlait avec l'accent louisianais en mélangeant la langue française, l'espagnol et le courimauni (la langue créole black). Depuis ce jour, la mère de Marie-Louise pria le ciel de la rendre sourde.

Son mari se réjouissait lui d'écouter cette langue issue d'un mélange de celle de ses ancêtres. Après tout, la Louisiane comprenait les Amérindiens, les Acadiens, les Espagnols, les Français de France, et les Créoles Africains-Antillais. Pour lui, sa femme parisienne était une totale ignorante de la culture louisianaise et paraissait comme Napoléon III, trop anglaise à son goût. Elle aimait tellement Napoléon III qu'elle aurait voulu être son épouse. Mais voilà, il avait bien fallu « importer » cette parisienne maussade pour assurer son « avenir de sperme », soupirait-il. Les femmes manquaient tellement en Louisiane qu'il avait pris la première vieille fille parisienne venue.

La mère de Marie-Louise pensait que ses grands-parents paternels pouvaient s'occuper de sa fille, mais elle n'imaginait pas que le malheur pouvait franchir le seuil de sa maison, en l'occurrence la mort de ses beaux-parents. Les rumeurs sur la mort curieuse des deux grands-parents se répandirent dans la maison comme une traînée de poudre. On racontait que le grand-père, après avoir fait l'amour avec sa bonne créole de couleur, avait souri avant de mourir d'une crise cardiaque. Sa femme, alertée par les cris, s'était précipitée dans la chambre de la bonne. Or, en voyant son homme de soixante-dix ans dans le lit de la métisse, elle s'évanouit et mourut de honte. Durant l'enterrement de ses beaux-parents, la mère de Marie-Louise ne pleura pas à cause de leur mort mais pour le peu d'argent amassé. Ses beaux-parents avaient commis un crime, un péché capital: le gaspillage d'argent.

Elle ne comprenait pas pourquoi ces créoles blancs se permettaient d'avoir des idées de grandeurs. En effet, elle répétait inlassablement la même phrase: «seul Napoléon Bonaparte pouvait avoir des idées de grandeur pour la France.»

Depuis que Marie-Louise était revenue chez sa mère, après la mort de ses grands-parents, le silence ne régnait plus dans la maison. Les pas endiablés et les cris enjoués de la jeune fille de dix ans ne cessaient d'envenimer la vie de la mère.

Si par mégarde, sa fille courait dans le salon ou qu'il lui prenait quelque fous rires, elle l'envoyait sur le champ dans sa chambre. Marie-Louise y restait enfermée comme un oiseau en cage. Elle finit par réaliser que sa mère était un monstre et résolut de sonder les mystères de cette âme mélancolique qui rongeait son corps. Elle devina que la cause de sa mélancolie profonde était la vie louisianaise. Quand Marie-Louise se promenait avec elle, elle entendait ces remarques déplaisantes: «Regarde ce style affreux. La physionomie du quartier français ne fait pas haussmannien. Même l'opéra de la Nouvelle-Orléans ne vaut pas les opéras de Paris.»

Cependant, depuis des mois, sa mère se rendait souvent à Lafayette. En effet, elle avait eu vent qu'un prêtre parisien, admirateur de Napoléon III, avait crée une école pour jeunes filles. Pour la mère, ce prêtre parisien était quelqu'un de bien parce qu'il l'aidait à façonner son plan: éduquer sa fille aux manières parisiennes et quitter au plus vite la Louisiane.

Même si elle ne supportait pas les cris, les enfantillages de sa fille, elle n'avait qu'un seul objectif: partir de ce pays grâce à un mariage entre sa fille et un bourgeois parisien. Si Marie-Louise était éduquée, elle pourrait alors trouver un pareil homme.

Puisque son mari ne supportait pas la vie parisienne, sa

fille l'aiderait à retourner à Paris.

Un jour que Marie-Louise s'amusait toute seule dans sa chambre, elle vit surgir tout d'un coup sa mère, comme un personnage qui se serait détaché de la tapisserie tendue sur les murs. Elle fut surprise de voir des couleurs vives embraser le teint de sa mère et de l'entendre dire froidement ces mots:

- Je prépare tes malles pour que tu ailles étudier à Lafayette. Une éducation te fera du bien. Loin de mes yeux, loin de mon cœur, tu comprendras mieux ta destinée.

Les yeux de la jeune fille fixèrent le regard sombre et insensible de sa mère. Son visage indiquait un sentiment de répulsion et respirait le soulagement de la voir partir. Elle baissa la tête, mais tout à coup, une phrase sortit de sa bouche:

- J'veux voir papa.

La mère, surprise de l'entendre appeler son père, dit en souriant:
- Au moins, je ne te manquerai pas.

La triste nouvelle du départ de Marie-Louise assombrit l'humeur et occulta la gaieté du père. Il avait pensé embaucher un précepteur pour parfaire l'éducation de sa fille, puis l'envoyer à Paris. Mais, face aux humeurs maussades et aux crises d'hystérie de sa femme, il céda. Comme il disait souvent à sa fille: «l'homme est faible lorsque la femme déraisonne.»

Et puis à cause des hurlements de la mère, les poissons étaient sortis de l'aquarium!

Ce fut en cette année torride et sans pluie que sa mère envoya Marie-Louise étudier dans une école réservée aux jeunes filles. Cette école était située à la campagne et portait le nom de Saint Vermillon. Dès l'aube, le soleil, jaune et morne comme l'œil d'un fiévreux, lançait ses rayons accablants sur les champs et les terres. Les arbres se dressaient, majestueux, sur la route.

Marie-Louise donna un doux baiser à son père avant son départ pour Lafayette. Son cœur était déchiré, comme si on y avait enfoncé une flèche empoisonnée. Pour rendre heureuse sa femme, cet homme louisianais avait cédé à ses caprices de vieille harpie. Pour dissiper sa tristesse, il répandit sur sa fille sa bonne humeur coutumière. C'était un homme de la Louisiane, qui respirait la bonne humeur, la joie et la liberté de vivre à pleins poumons. Il ne fallait surtout pas assombrir cette belle journée.

Sa mère regardait inlassablement la rivière Vermillon qui enjolivait la ville de Lafayette, située en pays acadien. Lafayette, fondée par Jean Mouton, était le cœur de l'Acadie. Ce fut en l'an 1605 que environ dix-huit mille habitants francophones de religion catholique s'établirent en Acadie et y vécurent sous autorité française jusqu'en 1713, lorsque la région passa aux mains de l'Angleterre. Comme ils refusaient de se soumettre à l'autorité de la couronne britannique et de l'église anglicane, le gouverneur anglais Charles Lawrence décida l'expulsion des Acadiens en 1755. Cet événement est connu sous le nom de «Grand Dérangement». Les familles acadiennes furent séparées et les exilés survivants éparpillés. Suite au Traité de Fontainebleau de 1762, la Louisiane passa sous l'autorité espagnole. En 1784, le Roi d'Espagne autorisa les Acadiens à s'installer le long des bayous du sud de la Louisiane, y compris à Lafayette.

Une colonie grandit donc autour de l'église St Jean l'Evangéliste de Vermillon, et c'est là que le prêtre parisien décida de fonder l'école Saint Vermillon.

Dès son arrivée à l'école française Saint Vermillon, on lui octroya le numéro 200. Cette institution donnait l'impression d'une prison plutôt que d'une maison d'éducation. L'école était la seule dans toute la Louisiane à offrir une éducation semblable à celle de Paris. La mère était fière que les prêtres vinssent de cette ville si prestigieuse.

Elle se disait que sa fille serait enfin sauvée, que toutes les deux pourraient un jour faire bonne impression devant la bourgeoisie parisienne. Les mots espagnols et créoles que sa fille avait avalés pourraient être extirpés comme par un aspirateur dans cette école française. Elle fut très mal à l'aise lorsque Marie-Louise dit au prêtre: « Missier » (au lieu de monsieur).

Les trois cent pensionnaires n'avaient pas droit à des vacances.

- Les vacances, c'est très mauvais pour la santé, répétait sa mère.

Les parents de cette école ne voyaient leurs enfants qu'une fois par an. Marie-Louise aimait à se comparer au héros de Balzac, Louis Lambert, un orphelin de père et de mère. Elle se considérait, du fait de l'indifférence de sa mère, comme une étudiante défavorisée. Sa mère n'envoyait des chaussures et des vêtements qu'en cas d'usure extrême.

- Après tout, l'école fournit un uniforme, et ce vêtement fera l'affaire, disait-elle.

L'air corrompu de l'école se mêlait à la senteur d'une

classe toujours sale et aux odeurs nauséabondes de la nourriture avariée. Ces émanations lourdes, dignes d'un cloaque, noircissaient l'environnement des salles de classe.

La privation d'air pur la rendait maussade. Les professeurs flairaient en cette jeune fille un esprit lent et ne soupçonnaient guère un manque d'affection. La tête toujours appuyée sur sa main gauche et le bras accoudé sur son pupitre, elle passait son temps à rêvasser et à observer les nuages dans le ciel. Lorsqu'il pleuvait, elle regardait la pluie se mêler érotiquement au nuage. Elle cherchait le vent sensuel pour adoucir les douleurs de son âme et tromper l'ennui qui lui rongeait le corps.

Son professeur de latin l'appelait «tête de moineau» devant tous ses camarades de classe.

Parce qu'elle n'avançait pas du même pas que les autres, le professeur la tenait pour un esprit obtus et lent, voire paresseux.

Elle était sans cesse punie dans les cours de français parce qu'elle ne parlait pas la langue de Molière. Elle recevait aussi le châtiment corporel. Pour subir la correction classique, elle devait se mettre à genoux, au milieu de la salle, et endurer les regards moqueurs de ses camarades. Elle criait, pleurant à chaudes larmes après chaque coup de fouet. Si par malheur elle exprimait sa douleur en créole, le maître alors disait: « Allez, encore un coup de fouet! »

L'école l'ennuyait et la fatiguait, parce que les exercices qu'on lui proposait étaient trop faciles pour elle. Pour survivre dans ce monde tyrannique, elle aspirait à un autre monde. Cet autre monde dans lequel se perdait la fillette de douze ans c'étaient les livres.

Les livres, pour Marie-Louise, annihilaient toutes les douleurs, toutes les humiliations et tous les tourments. La lecture devenait une espèce de faim de loup que rien ne pouvait assouvir. Très jeune, elle dévora la Dame aux Camélias d'Alexandre Dumas, et les larmes lui en coulèrent, à la lecture de la triste vie de cette courtisane. Son cœur chérissait les lieux et les personnages de Balzac. Elle imaginait même que Balzac pût devenir le conseiller matrimonial de sa mère et qu'il pourrait panser ses douleurs. En lisant Candide, elle réalisa que le monde n'était pas vraiment beau. «La Marseillaise Noire de Camille Naudin» l'enivra comme le vin, et elle eut envie de rallier les «citoyens, les travailleurs, et les frères» pour conquérir la Liberté, l'Egalité, et la Fraternité déniées, et ce faisant, mettre fin aux abus d'une classe sociale envers une autre.

Malgré sa passion pour la lecture, ses résultats scolaires étaient mauvais et agaçaient sa mère au plus haut point. En latin, elle était la 42ème sur 43, en français, elle était la dernière de la classe. Sa mère était persuadée qu'elle était une idiote et que l'éducation créole de son père en était la cause. Elle accusait même « les esprits » de Bonaparte d'être à l'origine des malheurs de sa fille. Bizarrement, la mère de Marie-Louise en avait fait un dieu. Elle avait même remplacé le portrait de Jésus Christ par celui de Napoléon. En fait, elle détestait Napoléon parce qu'il avait aboli l'Inquisition et donné des droits aux juifs. Sa haine envers les autres la rendait lugubre, ce qui exaspérait son pauvre mari.

Puisque Napoléon Bonaparte en voulait à sa famille, il fallait absolument qu'il devînt l'empereur de la maison.

On ne s'en remit plus au petit Jésus pour recevoir une bonne note ou amasser des gains, mais à Napoléon Bonaparte.

Il suffisait de regarder les yeux et le nez de l'empereur et le miracle pouvait alors se réaliser.

Avant de s'endormir, Marie-Louise regardait le portrait de son nouveau Dieu et lui demandait de l'aider à partir au plus vite de cette école. Son père lui avait même offert un petit soldat de plomb à l'effigie de Bonaparte.

Une fois par semaine, elle recevait des lettres de sa mère, où celle-ci s'apitoyait sur son propre sort:

Je n'ai pas de chance d'avoir une fille qui me prive de tout le plaisir que j'espérai qu'elle m'apporte demain: une femme éduquée. Grâce à ton éducation, tu pourrais épouser un Parisien et non un Louisianais ou un cou rouge britannique. Et là, je pourrais m'installer définitivement à Paris. Je devais venir te chercher à sept heures du matin et nous devions déjeuner. Ton peu d'application, ta paresse, me contraignent à te laisser au cachot.

Elle reçut cinq cent lettres du même style larmoyant. Marie-Louise se rendit compte que sa mère aimait se répéter comme la pendule de sa chambre. Lasse de recevoir de telles missives, la jeune fille décida de ne pas les garder mais résolut d'en faire meilleur usage, les recyclant comme papier hygiénique, denrée rare dans cette école.

La mère, avec son éducation parisienne, ressentait amèrement l'échec de sa fille comme une honte. Comment pourrait-elle garder la face à Paris si on allait confondre sa fille avec la bonne!

Cependant, ce n'étaient ni les adjurations, ni les crises hystériques de sa mère qui pouvaient aider Marie-Louise à devenir une femme de bon parti.

Marie-Louise aimait la Louisiane et ne voulait pas vivre à Paris. Ce qu'elle désirait par-dessus tout, c'était s'épanouir et se fondre dans la terre de ses ancêtres.

A force de prier Bonaparte, de brûler de l'encens, un miracle se produisit: on la retira de l'école St Vermillon.

Jugeant les résultats de sa fille médiocres, la mère décida de rapatrier Marie-Louise à la Nouvelle-Orléans et d'embaucher un précepteur. Elle élabora un bien étrange contrat entre sa fille et le précepteur. Avant chaque cours, le maître devait s'agenouiller devant le portrait de Napoléon 1er et prononcer ces paroles rituelles:

        - Toi, mon Dieu, je te promets la grandeur pour mon élève, Marie-Louise.
En outre, les investissements dans l'éducation de sa fille se borneraient à deux ans. Si au bout de deux ans, Marie-Louise ne devenait pas une vraie parisienne, sa mère l'enverrait au couvent!

Pour la punir de ses mauvaises notes, elle l'accompagna dans sa nouvelle chambre, une misérable mansarde. Un escalier sombre et inégal menait au premier étage.

Marie-Louise poussa la porte et découvrit la plus mauvaise, la plus noire, la plus inconfortable chambre qui pût se trouver.

Sa mère avait choisi ce trou à rat plus petit qu'un cagibi pour la faire se dégoûter de la Louisiane et qu'elle n'en étudiât que plus vite. La mansarde se trouvait dans la rue de Chartres, non loin des bureaux des éditions «l'abeille», où les journalistes aux idées républicaines aimaient travailler. On lui parlait de François Tujague et elle avait envie qu'il devînt son précepteur. Une petite fenêtre laissait voir le jardin splendide de ses voisins. Les yeux de Marie-Louise s'emplissaient de joie lorsque qu'elle collait son visage à la vitre pour en contempler les fontaines et les arbres. La maison qu'on apercevait semblait inhabitée. Elle se demandait qui pouvait bien être le détenteur de cette immense propriété. Elle rêvait de faire sien le jardin aux arbres au feuillage touffu que ses yeux caressaient avidemment du regard.

Marie-Louise écoutait passivement les cours de son précepteur. Célibataire, le vieil homme avait voyagé aux Antilles avant de s'installer à la Nouvelle-Orléans. Un de ses amis lui avait suggéré un travail idoine: former les jeunes filles louisianaises à la langue de Molière.

Dès la première entrevue, la mère de Marie-Louise fut séduite par le ton sec et sévère du précepteur.

Elle avait adoré le regard empreint de mépris qu'il avait lancé à sa fille. Une telle attitude ne pouvait que provoquer un choc chez la jeune enfant et la motiver à étudier. Elle se réjouissait d'entendre le son de la voix de l'homme transpercer les murs de la mansarde et venir lui chatouiller les oreilles: «Si vous n'étudiez pas, mademoiselle, vous allez recevoir un coup de férule. Et arrêtez donc de me dire missier, ou vu plé. Mais où avez-vous appris le français?»

La mère ne faisait rien pour rendre plus plaisant et plus habitable le cachot de sa fille. Plus vite cette dernière se sentirait mal à l'aise, et plus vite elle n'aurait qu'une idée : quitter la Louisiane pour se rendre à Paris. C'est ainsi que Marie-Louise ne reçut pour tout ameublement de sa chambre que le strict nécessaire: deux chaises, un lit et un petit bureau. Au bout de quelques jours, Marie-Louise dut se résoudre à descendre les escaliers et mendier auprès de sa mère quelques vêtements et de la nourriture.

Cependant, la mère ne pouvait pas savoir que l'imagination de sa fille serait plus forte que la réalité et que son œil saurait transfigurer la laideur des objets qui l'entouraient. Quand Marie-Louise parcourait le décor de misère de sa chambre, elle n'avait qu'une envie : laissait planer ses yeux sur le jardin du voisin.

Cette vue seule lui donnait l'espoir et la force de rester dans sa mansarde. Elle admirait les végétations luxuriantes semblables à de longs cheveux lisses et soyeux et les fleurs qui ressemblaient à des rubans de soie. Son cœur se déchirait quand elle apercevait les herbes folles emportées par l'orage.

La couleur de la terre, ravivée par la pluie, prenait ensuite sous le soleil une tonalité de velours sec et brun aux reflets capricieux. Tant la tristesse mélancolique du brouillard que les pluies passagères ou les soudains pétillements du soleil participaient de la mystérieuse et calme atmosphère qui se répandait dans ce jardin, l'enchantant chaque fois davantage.

Elle aimait sa mansarde parce que son regard pouvait apercevoir le paradis terrestre et la paix. Et quand, pour prendre l'air, elle quittait sa chambre et allait flâner, oubliant pour un temps les regards méprisants de son précepteur et les humiliations, l'unique distraction qu'elle pouvait s'offrir était de passer la tête au-dessus de la barrière du jardin du voisin.

Elle découvrait alors une fontaine d'eau active et les fenêtres fermées qui devaient garder l'air étouffant des saisons. «Mais, qui peut bien être le propriétaire de ce magnifique jardin?» se demandait-elle avec insistance.

Cela faisait plus d'un an qu'elle était revenue dans son milieu familial et personne ne résidait jamais dans cette maison.

Que c'est étrange! pensait-elle.

Elle touchait la barrière comme elle eût touché le corps d'un amant. Elle s'imaginait être la propriétaire des lieux et posséder la clé de ce royaume secret. Le soleil jetait des rayons lumineux dans les feuillages des arbres et Marie-Louise avait l'impression que c'était de l'or saupoudré sous ses yeux. L'eau de la fontaine coulait sans répit. Les herbes respiraient la douceur et la fraîcheur de l'air pur, si différent de l'air vicié qui régnait dans le pensionnat. La courte promenade qu'elle s'allouait était pour elle une joie salutaire. Elle allait aussi de temps en temps en ville observer les mœurs et le caractère jovial des habitants.

Elle aimait se mêler aux Acadiens, aux créoles de couleur, les voir échanger des billets doux. En entendant les gens parler, elle épousait leur vie, elle marchait dans leurs pas, elle comprenait leurs besoins et leurs tristesses. Elle s'enflammait avec les Africains, quand les Anglais et les Créoles blancs les tyrannisaient.

Elle réalisait peu à peu que son précepteur ne lui enseignait pas la vraie vie. Les journalistes opprimés étaient venus à la Nouvelle-Orléans pour créer leur propre maison d'édition et espéraient aider à créer une Louisiane libre et multiraciale. Les idées voltairiennes volaient au-dessus des toits de la Rue de l'Esplanade.

Elle savait que la Nouvelle-Orléans renfermait des héros, des scélérats, des vertus et des vices, tous opprimés et comprimés par la misère, noyés dans le vin. Combien de misères et d'espoirs de la Louisiane s'étaient ainsi engloutis dans de pauvres âmes?

Son précepteur avait lui aussi tenté de s'évader de la pauvreté, en fuyant la vie parisienne. Le vieil homme n'avait aucune idée claire de ce qu'il voulait devenir en Louisiane : peut-être un artiste, un commerçant, ou même un soldat. Depuis son arrivée à la Nouvelle-Orléans, il n'avait pas eu de joies, ni de femmes, ni de cafés, pas la moindre détente. Mais la volonté fanatique de ce professeur ne faiblissait pas. Il voulait trouver sa voie dans ce nouveau monde, gagner de l'argent, être libre. Il avait économisé, crevé de faim, bûché. Il avait vendu sa plume agile et bon marché aux passants analphabètes. Il rédigeait pour quelques sous tout ce que désiraient les passants: des billets doux, des dénonciations, des pancartes écrites à la Louisiane libre.

Il avait même servi de secrétaire à de louches politiciens. Comme il était lettré, les familles bourgeoises de souche française l'avaient finalement embauché pour accomplir le travail de précepteur.

Il se plongeait dans cette besogne avec énergie et dynamisme. Il ne quittait pas la table de Marie-Louise pendant quatre heures, les pieds engoncés dans de vieilles chaussures. Même la brise ou les insectes ne parvenaient pas à le perturber. Marie-Louise dévisageait la figure osseuse, la grande bouche et les dents ébréchées de son précepteur. A certains moments où il était perdu dans ses pensées, il déclarait fièrement:

J'ai réussi à former des filles créoles et même des prostituées. Alors, vous verrez ce dont je suis capable.

Il suppliait son étudiante d'arrêter de dire: «jé né, té v'la, si vu pé..»

Marie-Louise n'imaginait pas qu'il pût s'agir là de fautes puisqu'elle parlait la langue louisianaise.

Pourquoi ce professeur n'apprendrait-il pas la langue locale? S'interrogeait-t-elle. Elle attendait avec impatience qu'il s'en allât.

Sa langue, qu'elle le voulût ou non, s'était enracinée naturellement au fil des ans, et si son style et son parler apparaissaient impropres, c'était simplement parce que Marie-Louise se refusait à oublier la langue de ses ancêtres.

Les gens étroits d'esprit considéraient la langue créole ou acadienne comme de la facilité, de la futilité, de la négligence au regard de la pureté de la langue française. Avec le temps, le mélange des langues: française, espagnole et créole antillais avait créé une autre langue. Sa mère se plaignait de ses mots saccadés, et avait l'impression de contempler une mauvaise herbe grimpante impossible à arracher. Elle rêvait même de jardiner la langue de sa fille pour ensemencer la jachère de ses mots. En dépit de ses origines, Marie-Louise avait senti que certains membres de sa famille parisienne la rejetaient et se moquaient d'elle. On comparait sa langue à celle d'une personne dépravée ou vulgaire.

Le propriétaire de la maison était pareil à un fantôme. On ne le voyait ni ne l'entendait.

Elle retourna à la Nouvelle-Orléans et fêta ses seize ans

un an plus tard. Sa vie n'avait pas changé. Elle habitait tout le temps dans cette mansarde qui suintait la misère.

Elle n'avait fait qu'étudier, elle n'avait pas vécu, elle n'avait pas aimé. Elle n'avait pas encore trouvé l'âme soeur qui pût la chérir, l'estimer et l'aider. Personne n'avait osé éplucher et savourer son corps de pêche. Pour prouver qu'elle n'était pas une vaurienne, elle étudiait jour et nuit, sans trêve mais sans joie. Rien encore en elle ne permettait de distinguer la femme de valeur. Étouffée par sa mère, elle n'était cependant qu'une force endiguée, tel un volcan grondant dont la lave pouvait surgir à tout instant. Elle rêvait de se libérer et d'être aimée.

Lorsqu'elle sortait de sa prison, on avait l'impression de voir une jeune fille qui aspirait à l'indépendance et aux idées démocratiques de ce nouveau pays. Au cours d'une de ces promenades, alors qu'elle descendait la ruelle, elle vit soudain un rayon de lumière briller dans la maison inhabitée. Son regard monta le long des murs de la propriété et se posa sur une ombre. Marie-Louise ne distinguait pas bien et se demandait si l'ombre était bien réelle. En effet, celle-ci avait disparu en moins d'une seconde comme une goutte d'eau que le soleil eût fait sécher. Marie-Louise attendit un certain temps et le silence s'empara de la ruelle. Elle se disait que ses yeux avaient dû lui jouer un tour.

Elle revint chez elle et monta les escaliers comme si elle escaladait une montagne. Puis elle se jeta sur le lit et sa tête savoura la douce caresse de la lumière du jour. Au bout d'un moment, elle se leva et s'approcha de la fenêtre.

Dans l'allée de chênes du jardin, une silhouette semblait accaparer le sol lumineux et le couvrir d'ombre comme un nuage noir. Derrière cette ombre, se cachait un jeune adolescent de taille moyenne aux cheveux châtain foncé. Sa peau était comme le clair de lune. Elle le fixa intensément, comme si elle cambriolait une demeure. Elle le regardait s'approcher d'un arbre. Il tenait dans la main droite un livre. A peine s'était-il assis contre le chêne qu'il dut rentrer dans la maison. Un domestique avait dérangé sa quiétude.

Ce mystérieux jeune homme intriguait la jeune fille. C'était la première fois qu'elle avait pu dévisager un homme. Elle vit en cet inconnu un charme semblable à la fleur de vie.

Malgré ses rêves de franchir l'enceinte du jardin, elle réalisa qu'elle ne connaissait pas le monde du dehors. Elle n'avait fait qu'étudier avec l'acharnement d'un rat affamé qui veut gagner sa place. Ses efforts n'avaient pas été récompensés. Sa mère se plaignait sans cesse de son accent, de ses expressions. Les méthodes d'intimidation de son précepteur et de sa mère avaient ébranlé sa confiance, et l'avait rendue incapable d'ouvrir la voie à l'audace qui sommeillait en elle. Sa timidité, ses gestes maladroits l'empêchaient d'aborder une personne parce qu'elle pensait que celle-ci se moquerait de sa voix et de son accent. Elle avait été, pendant toute sa jeunesse, enfoncée comme un clou, délaissée, avilie. La jeune fille évitait les endroits peuplés de bourgeois et aimait se fondre dans la foule métissée.

Les espoirs de sa mère de retourner à Paris s'engloutissaient comme si elle avalait une tasse d'eau salée. Marie-Louise représentait à cette époque sur le marché du mariage une marchandise d'aussi peu de prix que celle qu'on trouvait dans ces boutiques de bas-fonds parisiens.

Marie-Louise aurait bien aimé susciter l'intérêt, mais le

destin n'avait pas voulu d'elle, les hommes et les camarades n'avaient pas fait attention à elle. Aucun homme ne l'avait jamais caressée du regard dans les rues de la Nouvelle-Orléans.

Que les professeurs et sa mère n'aient pas particulièrement encouragé la jeune fille, cela se comprenait assez. Comme elle négligeait son extérieur et la langue française, les hommes se sentaient mal à l'aise en s'approchant d'elle. Ils avaient l'impression de parler à une bonne créole. Et ce sentiment d'infériorité devant les autres la ramenait toujours à la solitude de son refuge: la fenêtre qui donnait sur le jardin de l'inconnu.

A quoi bon l'esprit, le savoir quand chaque mot qu'elle prononçait était déprécié:

Non cela ne se dit pas en français. On ne dit pas ça. Que vous parlez mal le français!

Et pourquoi pas mépriser les gens qui ne savent pas parler le louisianais! murmurait-elle à voix basse.

A quoi bon ce regard de flamme, ces beaux yeux verts, s'ils se cachaient derrière un masque, craintivement sous les paupières.

Cette jolie métisse valait mieux que la plupart des jeunes filles éduquées à la Parisienne qui, dans leurs robes bien soyeuses, lorgnaient les messieurs. Le pouvoir de séduction de ces femmes leur permettait d'enjôler, avec leurs manières et leurs vertus, les hommes de bonne famille qui cachaient leur sexualité refoulée en assouvissant leur désir avec des Indiennes, des Sénégalaises et des prostituées. Dans leur fringale de chair, ils étaient prêts, si on ne les retenait pas, à jeter leur amour et leur intelligence en pâture à des femmes créoles non éduquées.

L'âme de Marie-Louise s'était enfouie en elle-même. Elle était timide et gauche. Elle ne pensait pas que sa douce voix créole pût exercer le moindre empire.

Malgré le calme intérieur du jardin qui lui donnait la force de continuer à chercher le bonheur, elle doutait d'elle même et se sentait perdue. Et cependant, elle brûlait de rencontrer l'homme mystérieux qu'elle avait entrevu. Recluse dans sa prison, elle parvenait à contenir son besoin d'amour et de tendresse au moyen de son imagination débordante et de la lumière douce et apaisante du jardin. Elle était possédée d'un besoin d'affection qui grandissait sans cesse avec l'âge. La pauvre fille étouffait dans son monde étroit et voulait franchir la porte du jardin pour y trouver le bonheur. Elle avait le pressentiment que cet inconnu lui aussi débordait de tendresse et d'amour. En effet, les fleurs et les arbres étaient taillés avec soin. Les chênes, avec leurs pendentifs de mousse espagnole, les magnolias, peupliers et autres saules pleureurs répandaient une odeur enivrante. Quoi qu'il en fût, elle ne croyait pas que l'aventure qu'elle souhaitait pût commencer à l'ombre de sa mère.

Le hasard voulut qu'une vieille connaissance de Paris lui révélât le secret du jardin et permît à la jeune fille de rencontrer ce jeune inconnu. La famille de Chaussaux se rendait une fois par an à la Nouvelle-Orléans pour rendre visite à sa mère. Le père de Marie-Louise avait décidé de voyager pour fuir l'humeur maussade de sa femme. Le port de la Louisiane où il revenait de temps à autre lui offrait richesse et sagesse. Il avait épousé une autre femme, plus accueillante: la rivière du Mississippi.

La famille de Chaussaux était unique en son genre. On disait qu'elle avait eu des relations étroites avec Marie-

Antoinette et avait tenté de faire sortir la reine de la prison de la Conciergerie. Six enfants, des jeunes filles parisiennes très jolies et de gentils garçons, emplissaient de vie et de gaieté la maison sombre et ombragée de la mère de Marie-Louise. Les de Chaussaux, très connus dans les communautés française et anglaise de la Nouvelle-Orléans, avaient invité des amis anglais parmi lesquels se trouvait le mystérieux inconnu, un certain Mike Sand.

Dès l'arrivée du jeune homme, anglo-américain, les joues de Marie-Louise se colorèrent de pourpre. Mais sa mère lui chuchota: «Voilà, un cou rouge chez moi!»

Les invités ne pouvaient quitter des yeux le jeune homme. A peine entré dans le salon, il se hâta de se mettre à côté de la fenêtre. Son comportement amusa. Il avait dix-neuf ans et ses parents anglais possédaient deux maisons en Amérique: l'une à Boston et l'autre à la Nouvelle-Orléans. Il avait appris le français pour s'installer en Louisiane. Le bruit du claquement de la porte tira le jeune garçon de sa rêverie, il leva la tête et aperçut Madame de Chaussaux en compagnie de la mère de Marie-Louise. La jeune fille, assise, regardait le jeune garçon.

        - Je m'appelle Mike Sand, dit-il. Je viens de Boston et mes parents m'ont envoyé ici pour m'occuper de leur jardin luxuriant. Le printemps est une saison agréable, alors j'en profite. Mes parents pensent que la Louisiane est un endroit prospère et prometteur grâce à son port.

La mère de Marie-Louise n'en revenait pas d'entendre un anglais parler le français de Molière. Ce n'était pas possible qu'un cou rouge pût parler si bien le français. Elle glissa à voix basse à sa fille:

- Si tu épouses ce cou rouge, tu les verras nous manger la Louisiane. Tous ces Anglais sont insolents comme si le monde leur appartenait. Je veux que tu épouses un Lavoisier.

Elle fut surprise que ce jeune homme osât dire en bon français cette phrase:

- Si vous daigniez venir dans mon humble demeure, je serais heureux de vous offrir du thé et d'entendre les nouvelles de Paris et de la Nouvelle-Orléans.

Elle avait l'impression de revivre la bataille de Waterloo.

Madame de Chaussaux accepta avec joie l'invitation. En apercevant Marie-Louise douce et effacée, le jeune homme sembla ému de voir une créole métisse au regard voilé d'une étrange mélancolie. Il sentait en elle ce besoin de reconnaissance sociale.

Dans son univers, les créoles blancs restaient entre eux et une métisse ne pouvait pas épouser un Anglais. La mère de Mike Sand lui permettait seulement de fréquenter des Anglaises aux vertus irréprochables.

Le jeune homme, suivi de ces dames, ouvrit la porte qui leur permettait de pénétrer dans son jardin. Il regarda Marie-Louise, vêtue de vert émeraude. Son visage était lunaire, sa peau un peu hâlée, comme la terre des plantations. Elle avait de grands yeux qu'elle gardait baissés. Ses cheveux frisés s'éparpillaient dans le dos comme le feuillage touffu d'un chêne vert louisianais. La jeune fille lui fit une révérence. Il nota qu'elle était incapable de faire le moindre mouvement ni de prononcer un seul mot.

Les mouvements maladroits de Marie-Louise montraient qu'elle avait toujours été traitée comme une esclave. Lorsque Mike Sand voulut se tenir près d'elle pour effleurer sa longue robe, elle ralentit le pas. Il était ébloui de voir en son beau visage la fusion de plusieurs cultures. Pour lui, elle était unique. L'arrivée de cette jeune fille était une goutte d'eau sucrée. Il voyait en elle un papillon qui avait besoin d'un jardin pour s'épanouir. Elle illuminait les sentiers jonchés de feuilles mortes des chênes. Elle regardait les fleurs, les mousses. Les arbustes, asséchés par le beau temps, perdaient un peu de leurs couleurs. A l'endroit où se posaient les rayons du soleil, les rochers tranchaient d'une teinte sombre, les herbes brunissaient, l'eau des fontaines étouffait les sons. Soudain, un sourire parut éclairer le visage pâle de Marie-Louise lorsqu'elle traversa l'allée des chênes. Mike Sand fut ébloui par ce léger sourire. Il songea aux paroles de ses ancêtres britanniques: «Si une fille sourit en traversant l'allée des chênes, elle sera la reine de ton cœur»

Il était si heureux qu'il ne pouvait pas croire en son bonheur.

La mère de Marie-Louise et Madame de Chaussaux, indifférentes au jardin, hâtaient le pas sur les sentiers pour franchir rapidement la distance qui les séparait de la sortie. Mike Sand entendit juste la voix de la mère de la jeune fille dire:

> - Son jardin ne vaut rien par rapport aux jardins parisiens!

Marie-Louise marchait lentement et caressait de ses mains la terre, l'eau qui coulait des fontaines. Elle contemplait les chênes plantés de génération en génération.

> La mère cria:

> - Allez, retourne dans ta mansarde. C'est juste un jardin.

Le soir, Mike Sand regarda la maison de ses voisins et

chercha la fenêtre de cette inconnue. Il s'approcha discrètement de la barrière dans l'espoir de rencontrer la jeune fille. Mais aucune ombre ne sortait de cette demeure. Il avait l'impression de voir un monde glacé, où personne n'osait s'aventurer. Le soleil couchant l'aveuglait, la brise du vent lui fouettait les joues et essuyait les quelques gouttes de sueur qui y perlaient. Désespéré, il revint chez lui.

Peu de temps après, le jeune homme interrogea Madame de Chaussaux sur les origines de la jeune fille. Une foule de questions hantait Mike Sand: Comment s'appelait-elle ? Qui fréquentait-elle? Quelle fonction occupait son père? Pourquoi parlait-elle un créole différent de celui des créoles blancs et non le français de sa mère? Que faisait-elle de ses journées? Pourquoi était-elle si sombre et si triste? A quelle famille appartenait-elle? Qui étaient ses ancêtres?

Madame de Chaussaux esquissa un tableau confus de l'enfance de la jeune fille qui la rendit plus mystérieuse qu'un paysage caché par les nuages. Elle baissait les yeux lorsqu'elle racontait les déboires de Marie-Louise. Elle révéla la tragédie dont la jeune fille souffrait en secret: un mariage arrangé à venir qui permettrait à la mère de fuir la Louisiane. Des larmes brouillaient les yeux de Madame de Chaussaux, tandis qu'elle lui décrivait la mansarde de la jeune fille.

«Pourquoi cette jeune fille ne pouvait-elle vivre avec un Louisianais ?», songea-t-il.

Alors, le jeune homme pria Madame de Chaussaux de venir avec Marie-Louise dans son jardin. Il voulait découvrir le secret et les rêves qui habitaient son esprit. Madame de Chaussaux ne comprenait pas l'entêtement de ce jeune anglais à vouloir inviter un souillon, une jeune fille dont la mère pensait qu'elle lui apporterait la ruine.

Elle le regarda tristement, comme si elle voyait dans ses yeux une injustice à réparer.

Le lendemain, elle se mit à échafauder un plan pour distraire la mère de Marie-Louise. Elle invita la jeune fille chez elle avec son précepteur. La mère, ravie et ne se doutant pas du stratagème, laissa sa fille sortir.

Madame de Chaussaux avait tout préparé, café et biscuits. Il fallait absolument que le précepteur s'en allât de chez elle au plus vite. Le dédain qu'il affichait pour son élève la serra, comme si elle avait porté un corset. Le regard sévère du maître éteignait même les plantes rayonnantes posées sur la table. A peine eut-il terminé son cours qu'elle pria le domestique de le reconduire. Le précepteur s'étonna:

- Je dois ramener Marie-Louise chez elle.

- Non, Monsieur, je la ramènerai moi-même. Ne vous inquiétez pas!
Elle lui mit discrètement quelque argent dans la poche. Ayant compris son intention, le vieil homme se dirigea vers la porte d'entrée.

Madame de Chaussaux saisit la main de la jeune Marie-Louise et l'emmena au jardin de Mike Sand. Lorsqu'elles arrivèrent près de l'allée des chênes, l'entremetteuse s'éclipsa furtivement et abandonna la jeune fille à son destin.

Mike apparut devant Marie-Louise comme le clair de lune. Il regardait sa robe verte se fondre dans la couleur des chênes de son jardin. Il avait l'impression d'admirer du jade.

Il tenait dans la main droite un livre de l'Abbé Prévost: Manon Lescaut. Aiguillonnée par la curiosité, elle contempla la couverture verte du livre. Elle voulait le lui arracher pour en connaître l'histoire. Voyant que la jeune fille regardait le livre, il lui demanda:

- Avez-vous déjà lu cette histoire de Manon Lescaut?

- Non, vous savez, Maman parle de Napoléon Bonaparte, des cous rouges … je veux dire Walter Scott, et aussi de Balzac, Lamartine. Son rêve c'est que j'épouse un homme comme Lavoisier. Il aimait sa femme et faisait des recherches avec elle. Mais elle ne veut pas que je lise l'Abbé Prévost et que je rencontre le neveu du gouverneur de la Louisiane. Elle me dit que l'Abbé Prévost aurait dû écrire un livre sur les femmes piégées et malheureuses en Louisiane, et qu'il aurait dû militer pour les femmes de cet État. Depuis la vente de ce territoire, l'esprit de l'Empereur habite et protège selon elle la maison. Il est hors de question que Napoléon me voie lire Manon Lescaut.

- Ah, Ah. Mais il est mort, et puis Napoléon a dû lire Manon Lescaut lorsqu'il était en exil à Sainte-Hélène. Voltaire et Diderot ont même pleuré après avoir lu la triste histoire de la pauvre Manon. Puis-je te tutoyer ? lui demanda-t-il.

— Oui, de toute façon, les gens me prennent pour la bonne.

— Je te promets que tu ne connaîtras pas le même destin que Manon Lescaut.

— Veux-tu que je te lise la première partie ?

— Oui, mais attends ! Je vais sortir un portrait de Dieu pour nous faire pardonner ce péché.

— Elle sortit de sa poche le portrait de Napoléon. Les yeux de Mike Sand devinrent plus gros qu'un noyau de pêche.

— Quoi? Ce n'est pas Jésus-Christ?

— Ben non, c'est Napoléon Bonaparte et selon mon père c'était un grand homme parce que son premier désir était de libérer les juifs et les autres peuples opprimés et d'en faire des citoyens à part entière. Il voulait accorder aux juifs les droits de liberté, d'égalité et de fraternité dont jouissaient les catholiques et les protestants. Voilà pourquoi Napoléon a envahi les autres peuples. Il a lutté contre l'Inquisition. Il a mené la guerre pour que les peuples soient libres et égaux. Il respectait toutes les religions.

— Attends! Comment sais-tu tout cela? coupa Mike Sand.

— Mon père m'a raconté que Napoléon Bonaparte avait rencontré pour la première fois de sa vie une communauté juive en Italie le 9 février 1797, dans la ville d'Ancône, pendant la campagne d'Italie: les Juifs y vivaient dans un ghetto confiné et bouclé la nuit. Ils portaient des bonnets jaunes et des brassards avec l'étoile de David qui permettaient de les identifier.

— Bonaparte ordonna alors de leur enlever le bonnet jaune et le brassard et d'y substituer la cocarde tricolore. Il abolit les lois de l'Inquisition et les juifs furent enfin libres. Mon père répète que Napoléon ne faisait cependant qu'appliquer les lois de la République française et que les cous rouges, je veux dire les Anglais, n'ont rien compris et ont enchaîné le pauvre Bonaparte, avide de liberté et de démocratie. Donc, il faut que tu demandes pardon à Napoléon Bonaparte de ton péché.

– Mais, ce n'est pas possible, mes ancêtres sont anglais.

– Et moi espagnols. Et je le fais. J'ai même un petit soldat de plomb à l'effigie de Bonaparte. C'est mon sauveur de mauvaises notes à l'école.

Il regarda avec un œil charbonneux l'Empereur et dit aigrement:
– Pardonnez-moi ce péché !

– Bon, alors nous pouvons commencer.

– Ce livre traite d'une passion violente et destructrice entre deux amants.

– C'est à dire? interrogea Marie-Louise.

– Et bien, je vais te raconter l'histoire de ces deux jeunes amants.

– Comment s'appelle le jeune homme qui aime Manon Lescaut?

– Des Grieux. C'est un jeune homme de dix-sept ans et il a étudié au collège d'Amiens. Issu d'une bonne famille, son père souhaite qu'il devienne Chevalier de l'Ordre de Malte. Mais un jour, au relais de poste, parmi les voyageurs, il aperçoit une jeune fille dont la beauté l'envoûte. C'est le coup de foudre. Il la surnomme alors «la maîtresse de mon cœur». La pauvre fille est malheureuse parce que ses parents l'envoient contre son gré au couvent. Pour qu'elle échappe à ce triste destin, Des Grieux l'aide à fuir vers Saint-Denis. Ils occupent alors un appartement meublé et y filent le parfait amour. Mais les soucis d'argent pèsent et Manon décide d'entretenir une relation avec un certain M. de B.

— Oh, elle le trahit ! s'exclama-t-elle.

— Oui, et lorsque Des Grieux apprend sa trahison, il n'ose l'imaginer. La belle Manon part avec son amant et laisse le pauvre Des Grieux tout seul.

Lorsqu'il retourne chez lui, son père qui sait tout de cette liaison, l'enferme dans sa chambre. Pendant des mois, il reste en proie au désespoir. Puis il se remet à lire quelques livres. Progressivement, sensible aux conseils de son père, il reprend goût à la vie.

— Oh, il a oublié Manon ? s'affola Marie-Louise.

— Non, un jour, un de ses amis revoit Manon à la comédie. Il lui apprend qu'elle vit à Paris et qu'elle est richement entretenue par son vieil amant M. de B. Des Grieux décide alors de renoncer à elle.

— Il a donc oublié ? répéta-t-elle.

— Non, le temps était venu pour lui de soutenir un exercice public dans l'École de Théologie. L'annonce publique parvint jusqu'aux oreilles de Manon qui cherche à le revoir. Envoûté par sa beauté, il lui pardonne et ils reprennent leur liaison.

Marie-Louise écoutait la voix de Mike Sand lire à nouveau un passage du livre:

– Perfide Manon, Ah! Perfide! Tout ce qu'on dit de la liberté à St Sulpice est une chimère. Je vais perdre ma fortune, et ma réputation.

–   Après une nuit à l'auberge, continua Mike Sand, les deux amants vont au village de Chaillot. Grâce au 60.000 francs que Manon a soutirés à M. De B, le couple vit à l'abri du besoin. Malheureusement, il s'avère qu'un des frères de Manon, un garde du corps brutal et sans principes, habite la même rue qu'eux. Il s'invite chez eux, vit à leurs dépens, achevant de gaspiller leurs ressources. Un matin, leur maison prend feu et l'incendie finit de les ruiner.

–   Que vont-ils faire alors?

–   Tricher au jeu. Des Grieux devient tricheur et rétablit l'état de ses finances. La vie facile unit les amants qui goûtent une période d'euphorie. Mais leur bonheur ne durera pas. Les domestiques, jaloux de leur argent, dépouillent leurs maîtres et pillent la maison. Le frère convainc alors sa sœur d'entretenir une liaison avec un homme riche M. De G. Séduit par ses charmes, celui-ci lui offre une maison et l'entretient.

–   Comment réagit Des Grieux ? s'alarme Marie-Louise.

–   Il est atterré, regrette tout à la fois d'avoir trahi son père, abandonné sa famille et d'avoir tourné le dos à la vertu. Mais le frère de Manon, plus machiavélique que jamais, propose à Des Grieux de s'associer au stratagème qu'il a imaginé. Il lui propose d'escroquer M. De G. en se faisant passer pour le frère cadet de Manon.

–   C'est affreux! Comment a-t-il pu accepter de faire cela?

–   La passion destructrice. Donc, un souper est organisé pour présenter le frère cadet, et Des Grieux et le frère, Lescaut, escroquent M. De G. Cependant, Le vieil homme se rend compte qu'il a été trompé et les fait arrêter. Manon est enfermée à l'hôpital, son amant, lui, est emmené à St Lazare, prison pour jeunes aristocrates débauchés. Mais grâce à l'aumônier de la prison, il s'évade de sa cellule puis soudoie un valet qui fait sortir Manon de l'hôpital. Les deux amants s'enfuient et retournent à l'auberge de Chaillot où ils se cachent. Des Grieux recommence à jouer et à tricher. Mais, voilà, le destin semble les poursuivre. Le fils de leur ennemi M. De G. fait la connaissance des deux amants. Il s'éprend de Manon et semble prêt à la combler de richesses. Manon imagine un plan afin de lui extorquer une forte somme. Malheureusement pour eux, le laquais de M. De G. a donné l'alarme et ils sont arrêtés. Le père de Des Grieux est bouleversé et obtient que Manon soit exilée en Amérique. Voilà pour la première partie du livre. Demain, je te raconterai la deuxième. Je dois rentrer chez moi.

Avant de partir, il colla ses douces lèvres contre les siennes. Surprise, elle se laissa faire. Les feuilles des chênes verts frissonnaient d'espoir et de bonheur. Les mains de son amant caressaient son corps. Elle était le citron d'amour que l'on presse. Elle était le jardin érotique où son amant pouvait cultiver le fruit défendu: le mélange des races.

Après avoir arrosé ce jardin de caresses et de baisers, ils se quittèrent.

La nuit, Marie-Louise rêva d'être Manon Lescaut et d'envoûter les hommes. Elle se demandait si la passion pouvait être irrationnelle et destructrice. Elle réalisa qu'elle pouvait aimer un homme, ce qui la surprenait. Sa mère reprenait la phrase célèbre de Balzac sur l'amour:

 — Les jeunes filles se créent souvent de nobles, de ravissantes images, des figures tout idéales, et se forgent des idées chimériques sur les hommes. Mais la trompeuse apparence qu'elles ont embellie, leur première idole se change en un squelette hideux. » Voilà, ma fille l'amour trompeur. Les hommes ne valent pas un détour en Louisiane, il te faudrait un homme comme Lavoisier qui te rendrait la vie facile !

Marie-Louise voulait lui répondre que Lavoisier avait eu un destin tragique : la guillotine. mais elle préférait se taire.

Après avoir traversé une nuit agitée comme la rivière du Mississippi, Marie-Louise se leva très tôt pour aller à la rencontre de son amant. Elle voulait connaître la suite de Manon Lescaut. Des questions tourbillonnaient dans sa tête : Manon Lescaut allait-elle vivre avec Des Grieux pour toujours en Louisiane ?

Quand elle arriva devant l'allée des chênes verts, elle découvrit le deuxième tome de Manon Lescaut. Mike Sand le lui avait laissé pour qu'elle connût la fin de l'histoire. Alors, elle parcourut les pages, mais ses yeux chavirèrent comme deux barques sur une mer déchaînée. Manon Lescaut et Des Grieux étaient poursuivis par le mauvais sort. Le neveu du gouverneur de la Louisiane tomba amoureux de la belle Manon. Apprenant qu'elle était libre, il la réclama pour lui. Alors, Des Grieux blessa en duel le neveu et s'enfuit dans le désert avec Manon, où celle-ci mourut d'épuisement. Dés son retour en France, Des Grieux apprit la mort de son père. Il avait tout perdu: son père et sa bien-aimée.

Marie-Louise resta immobile comme une statue. Des larmes coulaient sur ses joues. Elle partit vite en courant, loin de l'allée de chênes verts. Elle s'enferma dans sa chambre pendant des jours, minée par cette histoire.

Mike Sand était inquiet parce qu'il ne la voyait plus le rejoindre dans le jardin. Alors, il décida de s'introduire dans sa mansarde. A l'abri des regards, il monta vite l'escalier qui y menait. Il frappa deux coups et y entendit une voix douce:

- Qui est-ce?

- C'est moi. Que t'arrive-t-il? Tu m'évites?

- Non, l'histoire de Manon Lescaut me rend triste.

- Ne t'en fais pas ! Nous ne serons pas comme Des Grieux et Manon Lescaut. Nous serons les deux amants qui apporterons la paix entre nos deux communautés.

Elle lui ouvrit vite la porte et ils s'embrassèrent. Elle le laissa éplucher le fruit défendu et ils passèrent la nuit ensemble.

Cette jeune fille était pour Mike Sand sa sœur, son amie, son amante et celle qui partageait son jardin. Tous les soirs, le loquet de la porte du jardin se levait. Une douce main la guidait vers une nuit capricieuse et pleine de sensualité. Elle laissait son corps prisonnier de la main enchanteresse, comme si elle eût vu le serpent derrière le chêne.

Cependant, dans la communauté anglaise de la Nouvelle-Orléans, rien ne restait longtemps secret. La rumeur enfla et éclata comme le tonnerre. On disait que le jeune Anglais s'était épris de la petite créole et qu'il l'enlaçait sans aucune pudeur. Le livre de l'Abbé Prévost en était la cause. Les parents du jeune homme, de passage en Louisiane, s'inquiétèrent de ces commérages qui volaient bas. Il fallut nier et apaiser la douleur des parents respectifs. Pour sauver la face de sa famille, Mike arpenta différents jardins abandonnés par les colons après la vente de la Louisiane aux Américains. Ce jour-là, la pluie s'était affaiblie, les portes des maisons se tordaient sous l'effet d'un vent bruyant et dissipé. Après avoir marché longtemps en remontant le Mississippi, le jeune homme regarda les bateaux emporter les marchandises. Des fleurs séchées et mortes jonchaient les sentiers emplis de cailloux. Le chant des oiseaux se mêlait au grondement de la rivière. Emu par la beauté du fleuve majestueux, Mike s'allongea sur un banc de terre pour respirer la fraîcheur de l'air. Il leva les yeux au ciel et se mit à prier:

— Mon Dieu, guidez-moi pour trouver mon jardin !
Si je l'atteins, je l'appellerai le jardin de la Louisiane
pour témoigner de l'amour que j'ai pour ma créole.

Après avoir parlé à son Dieu, l'homme entendit des oiseaux chanter en couple dans les sombres feuillages. Il observa un des oiseaux qui semblait lui faire signe de venir. Alors, il se leva et se mit à courir après lui. L'haleine commençait à lui manquer, quand, soudain, il aperçut un jardin qui flamboyait et laissait entrevoir ses herbes desséchées, frappées par les atteintes du temps. L'ombre des arbres rampait lentement sur les murs d'une maison en ruine. Le jardin ressemblait à un lieu caché et mystérieux. Jamais il n'aurait imaginé que voir cet endroit abandonné, entouré de plantes grimpantes, de saules pleureurs et de deux chênes suffirait à le combler de joie. Le vent qui s'engouffrait dans le jardin faisait frissonner les fleurs. La tête nue de Mike Sand touchait les nuages. Ses yeux recelaient le bonheur d'avoir découvert le jardin de la Louisiane. Il courut comme une flèche en suivant les sentiers tortueux qui le ramenaient chez lui.

De ses joues coulaient une sueur fine qui lui tombait sur les pieds. Il attendit le soir pour retrouver sa bien-aimée et lui parler de ce jardin. Le lendemain, ils allèrent tous les deux le découvrir. Arrivés devant les deux chênes, ils gravèrent leurs initiales sur les deux troncs et se jurèrent de s'aimer et de ne plus se quitter. Les saisons passeraient et reviendraient, les fleurs faneraient et refleuriraient, ils s'enlaceraient toujours comme les vagues d'une mer agitée.

Le jeune homme se sentait possédé. Il regardait Marie-Louise comme il eût contemplé sa propre ombre. Dans ce jardin, les ancêtres louisianais avaient construit une fontaine et bâti une cabane destinée à la récolte du sucre et du grain. Les oiseaux semblaient rire de leur bonheur dans les arbres. Les deux amants découvrirent aussi l'inscription d'un nom sur une pierre: « Laure, morte du choléra ».

Attristés, le regard sombre, ils tentèrent d'imaginer ce qu'avaient pu être l'épidémie du choléra et la triste destinée des colons qui l'avait endurée. Marie-Louise se remémorait la vie des Louisianais en empruntant les sentiers d'antan. Ils avaient dû s'habituer à une terre si dure et si hostile, la Louisiane. Les deux tourtereaux vénéraient les pionniers qui avaient dessiné leur jardin et donné vie à ce grand Etat. Après chaque retrouvaille dans le jardin, ils remontaient ensemble le sentier ombragé. Tout à leur joie, ils ne pouvaient pas envisager que leur bonheur pût jamais s'arrêter et les fuir. Avant chaque départ, Mike Sand baisait la main de Marie-Louise, de peur qu'elle ne disparût.

Une fois, alors qu'il se rendait dans le jardin de la Louisiane, il fut surpris de ne pas l'y trouver. Les feuillages des deux chênes pleuraient dans le vent et les nuages se cachaient, comme si le ciel les noyait. Un mauvais pressentiment s'empara de lui et il se précipita vers la mansarde de Marie-Louise. Lorsqu'il arriva devant la porte de sa bien-aimée, les parents du jeune homme l'attendaient. La lune était pleine et les nuages avaient disparu. « Pourquoi mes parents se tiennent-ils devant la porte de Marie-Louise? » se demanda-t-il.

Son père s'emporta:

– Il est hors de question que tu revoies cette métisse. Elle n'est pas anglaise! Comment peux-tu aimer une femme pareille ?

– Mike Sand regarda son père puis lui dit:

– Laissez-moi la voir. Je veux lui parler.

– Non, elle n'est pas de ton rang. Demain je t'envoie à Oxford pour y étudier le droit. Entends-tu ? Tu ternis le nom de notre famille. Allez, ce n'est juste qu'une amourette de passage. Si tu ne m'obéis pas, je te déshériterai.

Mike Sand resta planté comme un piquet et, après plusieurs minutes, il suivit ses parents.

Le lendemain, avant son départ, il eut le temps d'aller au jardin de la Louisiane pour y écrire une lettre d'adieu à Marie-Louise. Il s'allongea sur l'herbe. Le vrombissement des moustiques et la lourde chaleur l'empêchaient de réfléchir. Marie-Louise, cachée derrière un chêne, se jeta sur lui avec passion. Ses baisers doux et sensuels eurent raison de sa réflexion. Après leurs ébats, Mike Sand lui dit:

— Je reviendrai dans deux ans. Il faut que j'aille faire mon droit à Oxford. Cette vie dont nous rêvions ensemble se réalisera ensuite et nous bâtirons une maison dans le jardin de la Louisiane.

Marie-Louise baissa les yeux. Après un long moment de silence, elle dit :

— Si nous nous ne retrouvons pas dans deux ans, nous nous rencontrerons peut-être dans une autre vie. Ni la richesse, ni les races ne doivent venir faire obstacle à notre bonheur. Si jamais il m'arrive malheur à la Nouvelle-Orléans…

Mike Sand posa sa main sur la bouche de sa bien-aimée tout en jetant un regard aux alentours. Il entraîna Marie-Louise devant les deux chênes et la pria de s'agenouiller.

— Dans deux ans nous nous retrouverons devant ces deux chênes verts et nous fonderons notre famille dans ce jardin. En Louisiane, le chêne symbolise la force et la longévité. Ces deux chênes évoquent donc notre amour fort et éternel.

Elle s'agenouilla en regardant les deux chênes et jura de le revoir dans deux ans. Ils avaient donné leur nom aux deux arbres pour unir leur amour.

Malgré cette dure séparation, Mike Sand possédait une grande force qui le fortifiait: la vitalité qu'il avait héritée de son père et de la lignée de ses ancêtres colons anglais. La pensée qu'une femme l'aimait lui permettrait d'affronter l'Angleterre qu'il avait quittée depuis son plus jeune âge. Ses parents lui louèrent un logement à Oxford. Des bronzes italiens, l'horloge, des bibelots, créèrent une atmosphère de volupté. Autour de lui, des couleurs chaudes et sensuelles se répandaient dans la pièce. Pour lui rappeler la Louisiane, il avait sur son bureau le livre de l'Abbé Prévost: « Manon Lescaut ». N'était-ce pas grâce à l'Abbé Prévost qu'il avait séduit sa belle Louisianaise ? Sans l'aide de cette histoire, il n'aurait pu la courtiser. Le souvenir de Marie-Louise l'habitait. Les lèvres de sa bien-aimée étaient une montagne infranchissable, ses yeux le fleuve du Mississippi, ses doux seins étaient semblables aux rondeurs des deux chênes verts qu'il aimait caresser.

Il passait ses journées à étudier le droit et le soir il lisait avec passion les romans de Walter Scott. Tous les matins, il sortait de son logement et flânait dans les rues d'Oxford pour assouvir son désir de retrouver le goût de vivre à l'anglaise. Lors de ses promenades solitaires, le jeune homme passait devant des jardins. L'entrée de ces mystérieux jardins était défendue et il ne pouvait jamais y pénétrer. Il allait dans les parcs où il regardait les petits enfants jouer avec leurs mères ou faire des piques-niques. Il longeait les sentiers embourbés de pierres et de boues.

Son ombre se mélangeait aux arbres. Tant les églises que les bars ou les auberges évoquaient une vie paisible et joyeuse. Il travaillait jour et nuit pour réussir ses études. A l'université, des étudiants aristocrates s'asseyaient toujours à côté de lui pendant les pauses pour écouter ses longs discours sur la Louisiane, les guerres entre les Anglais, les Français et les Espagnols. Leurs yeux s'éclairaient de curiosité lorsque Mike Sand relatait la vente de la Louisiane. Ils se demandaient si la Louisiane était une bonne affaire ou une simple terre marécageuse. Mike Sand décrivait avec entrain les berges du Mississippi et les sentiers crottés qui menaient à son jardin de la Louisiane. Même les paysages écossais ou irlandais ne pouvaient surpasser la beauté et la joie de vivre qui régnaient à la Nouvelle-Orléans. Les lettrés échangeaient des regards douteux, car ils avaient entendu parler du choléra et de la malaria. Comment pouvait-on vivre dans un tel endroit, où les épidémies ravageaient la vie des gens comme une violente tempête? Quand ses camarades mentionnaient les maladies, il gardait la tête baissée et contenait sa rage. D'autres étudiants se bousculaient pour l'entendre raconter ses histoires sur la Louisiane et évoquer sa passion pour le nouveau monde. Une pluie de questions s'abattait sur lui:

- Fait-on fortune dans ce nouveau monde ?

- As-tu connu ta nouvelle femme ?

- Comment sont les femmes Louisianaises ?

- Ressemblent-elles aux françaises avec leur peu de vertu ?

- Sont-elles élégantes ?

- Font-elles bien l'amour ?

- As-tu vu la tombe de Manon Lescaut?

Cette avalanche de questions l'empêchait de répondre et il changeait vite de sujet, comme un passant eût changé de trottoir pour éviter quelque gens ennuyeux.

Parfois, du haut de la fenêtre de son logement, il lui semblait voir les quais du port de la Nouvelle-Orléans, où la cohue bigarrée se bousculait pour contempler les nouveaux arrivés. Il ne regardait plus les lacs mais entendait le rugissement du Mississippi. Lorsqu'il réalisait qu'il était à Oxford, ses oreilles bourdonnaient, la tête lui tournait. Il passa deux à trois mois à lire et à étudier. Il parcourut tous les livres de droit auxquels il put avoir accès. Il souhaitait réussir dans son domaine et faire en sorte que le succès universitaire qui se profilait fût sa victoire de Waterloo à lui contre Napoléon. Puisque ses parents n'avaient pas voulu qu'il croquât plus avant le fruit de l'amour défendu, il se plongeait jour et nuit dans ses chères études.

Avec le temps, les promesses s'envolent comme les oiseaux loin de leur nid. Mike Sand oublia la Nouvelle-Orléans, le jardin de la Louisiane et même Marie-Louise à qui il avait promis d'envoyer des lettres. Il était revenu dans son pays d'origine et, tel un arbre transplanté, avait revitalisé ses propres racines. Il avait tout oublié de l'autre contrée. Les paysages de la Louisiane qu'il contemplait lorsqu'il ouvrait la fenêtre de son logement s'étaient peu à peu évaporés, comme la vapeur d'eau qu'on efface sur une vitre embuée. Et puis ses camarades lui avaient montré le chemin de l'ambition britannique: devenir avocat à la cour, travailler pour les hommes politiques et la royauté.

La Louisiane apparaissait maintenant à ses yeux comme une mauvaise affaire, une moindre ambition. Après tout, Napoléon avait bien vendu la Louisiane qu'il jugeait sans valeur, alors pourquoi retournerait-il là-bas ?

Durant ses années de droit, la personnalité de Mike Sand se transforma. Il apprit l'histoire des grands hommes britanniques et de la royauté. Une soif d'ambition le taraudait durant ses cours. Le désir du pouvoir avait pris possession du jeune aristocrate. Il voulait se faire un nom dans la société et devenir immortel, quitte à ne posséder que le nom d'une rue. Et les femmes surtout qu'on lui avait présentées lui avaient tourné la tête, comme l'eût fait un vin français. Elles s'enthousiasmaient pour le jeune ambitieux. On l'invitait dans des salons fréquentés par la haute société et il faisait la connaissance d'autres avocats. Sa curiosité pour leur succès politique ou juridique lui permit de découvrir alors qu'il aimait plus le pouvoir et le luxe que l'amour. La société britannique lui avait montré une autre ambition: la richesse, la puissance de l'argent. Il voulait dominer le monde par la gloire et la fortune. En étant juriste, il pourrait être connu et un biographe mentionnerait son nom. La Louisiane ne pourrait jamais le rendre célèbre. Il se mit alors à fréquenter la chambre des députés, la bourse, et à rencontrer d'autres hommes qui, comme lui, avaient soif de pouvoir. Comme un arbre puissant, il dressait son tronc luxuriant, étendant toujours plus haut les ramifications de ses branches.

Dès qu'il se mit à parler à la chambre des députés, l'atmosphère de la salle se chargea aussitôt d'électricité. Il attirait à lui comme un aimant l'attention de tous. Tantôt il esquissait des projets politiques et des réformes de loi pour le peuple, tantôt il racontait des histoires vécues qui grisait son auditoire. Ses lèvres vibraient, ses yeux étincelaient de bonheur, ses mains frémissaient d'émotion. Dans le cercle étroit de ses amitiés, c'étaient les femmes qui dominaient. Elles lui avaient fait oublier son attirance pour la jeune créole. Il n'était pas Des Grieux, comme il disait à Marie-Louise, mais plutôt Jérôme Bonaparte, qui avait délaissé la belle Américaine Elisabeth Paterson pour les honneurs du pouvoir. Sous les draps, ses femmes lui murmuraient des noms, des personnes à rencontrer pour devenir un géant de la politique. Epuisé par le travail, par ses obligations diverses, il faisait constamment appel à ces femmes sensuelles pour l'encourager dans sa quête du pouvoir. Ce qu'il cherchait, comme beaucoup de ses camarades assoiffés d'ambition, c'était une femme qui lui apporterait la gloire, ne gênerait pas ses projets et libérerait son ardeur à travailler en apaisant ses besoins sexuels.

Il découvrit un jour cette femme en la personne de la

duchesse de Loyd. Elle était veuve d'un général, la place était à prendre. Appréciée dans la haute société, elle permettait aux hommes d'entrer en contact avec des généraux et des politiciens renommés. On racontait que l'une de ses tantes avait connu Napoléon et qu'elle faisait et défaisait dans les alcôves l'histoire des rois et des princes. Tous deux étaient ambitieux, avides de jouissance. Tous deux étaient prêts à se livrer à d'autres passions. Ils s'aidèrent donc l'un l'autre. La duchesse permit qu'une autre femme entrât dans la vie de Mike Sand: Elisabeth Spencer, épouse d'un ministre. Agée de quarante ans, elle connaissait tout le gratin mondain . Mike Sand se souvint de la phrase de Balzac: «Une femme de quarante ans fera tout pour un homme, et non une femme de vingt ans.»

Elisabeth Spencer qui n'était pas très jolie, avait sans l'aimer profondément, du respect pour son mari. La rencontre de Spencer et de Mike Sand constitua un événement.

 Pour le jeune homme, la chance lui était donnée de rencontrer une femme de ministre qui pouvait lui procurer gloire et renommée. Une chambre était toujours préparée pour lui, où il pouvait assouvir ses envies avec elle. Des noms lui étaient révélés, des postes lui étaient promis. En l'espace de deux mois, il fut nommé conseiller du mari ministre. Ainsi ne tarda-t-il point à se rentre compte que cette femme était réellement à même de lui apporter honneur et prestige.

Il travailla sans relâche au côté de son mari. Il savait qu'il risquait de perdre son poste si le ministre le soupçonnait d'être l'amant de sa femme. Un soir, une profonde mélancolie le saisit. Combien de fois avait-il rêvé de cette vie somptueuse, de posséder le pouvoir?

Maintenant que la chambre des députés n'avait plus de secret pour lui, sa confiance s'étiolait. Quel bonheur pouvait-il tirer de cette existence, à vivre dans le rôle de l'amant entre la femme et le mari trompé? N'était-ce pas de la folie? Certes, il pourrait avoir d'autres maîtresses et son poste ainsi serait stable. Mais à quel prix? Si on le découvrait, il risquait le déshonneur.

Le lendemain, le ministre lui envoya des présents: une tunique de la cour et une perruque grise. Sa femme avait fait l'éloge de son talent et son mari l'avait promu conseiller.

Lorsque Mike Sand eut terminé ses longues révérences, le ministre lui demanda s'il était marié ou s'il avait une femme en Louisiane. Un mensonge sortit de sa bouche, pareil au venin d'un serpent à sonnettes:

— Non, monsieur.

Le ministre lui offrit un appartement privé, des lingots d'or, et la haute société britannique l'invita à ses dîners. On y parlait de réforme agraire, de commerce, des lois et de l'Empire britannique. On rêvait de l'Inde, de Shanghai, et d'autres pays à coloniser.

A l'instar des biographes et autres historiens, il réalisait que la Louisiane était comme un monument délabré. Napoléon Bonaparte avait eu raison de la vendre pour une somme modique. Le caractère de Mike Sand avait changé, il apprit à amadouer les uns, à manipuler les autres, détruisant tous ceux qui s'opposaient au gouvernement.

Un jour, le ministre lui proposa un mariage. Il avait décidé de lui donner la main de sa sœur. S'il acceptait le mariage, la dynastie de la famille perdurerait. Pendant trois jours, il resta avec la femme du ministre qui tremblait de douleur et de désespoir. Devant son mari, il avait affirmé vivre seul. S'il évoquait l'existence de la liaison avec sa femme, il détruirait tous ses espoirs. S'il refusait, on penserait qu'il ne trouvait pas la sœur à son goût. Il accepta et sa maîtresse dut souffrir en silence, comme un malade atteint d'un mal incurable. Les festivités durèrent trois jours. Londres était en liesse. Le nouveau conseiller du ministre séduisait le peuple avec son beau visage et ses yeux clairs semblables aux eaux du fleuve Mississippi.

Pour sa lune de miel, sa femme eut une étrange idée. Elle rêvait d'un jardin et voulait en faire la surprise à son mari. Pour lui montrer son amour, elle demanda à son époux de l'accompagner dans la campagne anglaise. Elle avait fait bâtir une maison entourée d'un jardin. Comme les anciens camarades de Mike Sand lui avaient raconté sa passion pour la Louisiane, elle avait décidé de nommer son jardin «Le jardin de la Louisiane.»

Arrivés devant la porte de la maison, elle demanda à son mari de fermer les yeux. Un domestique accourut et ouvrit la porte. Mike Sand avançait à petit pas comme un enfant qui apprend à marcher et découvre l'usage de ses pieds. Puis, soudain il entendit la voix douce de sa femme lui murmurer: «Ouvre les yeux.»

Quelle ne fut pas son émotion en découvrant une allée de chênes verts, à la beauté rehaussée de fleurs rouges et blanches.

— Regarde les deux chênes, j'ai gravé nos deux noms pour témoigner de notre amour. J'ai aussi nommé ce jardin : le jardin de la Louisiane, dit-elle avec joie.

— Que dis-tu? cria-t-il, qui t'a mis au courant du jardin?

Un vent violent faisait bruisser les feuilles et lui donnait l'impression que le jardin de la Louisiane était ici. Il arpenta le jardin de long en large. Pour calmer ses soupçons dont elle ignorait la cause, sa femme fit appel à un domestique pour le ramener. Ils coururent ensemble derrière lui pour le rattraper. Epuisé, Mike Sand se laissa tomber sur un tas de mauvaises herbes. On le porta dans sa nouvelle demeure, il tomba malade et le resta pendant plus d'un mois.

Le ministre, inquiet, se demandait s'il n'était pas atteint d'une maladie incurable. Les médecins défilèrent à son chevet et prescrivirent des calmants. La fièvre s'était emparé de son corps et il se réveillait en criant: « Marie-Louise, je veux retourner en Louisiane voir les deux chênes».

Même les doux baisers de son épouse semblaient aggraver son état. Ses remords étaient si violents qu'il y voyait une punition des dieux. Effrayé, il obtint du ministre qu'on l'envoyât en Louisiane. Il prit le bateau qui le mena à la Nouvelle-Orléans. Arrivé au port, il s'engagea sur les sentiers. Soudain, il aperçut le jardin qu'il n'avait pas revu depuis son départ. Les mauvaises herbes avaient poussé et l'eau de la fontaine ne coulait plus. On avait abîmé certains arbustes. Devant lui, se dressaient les deux chênes isolés. Il s'approcha de ces arbres et vit une tombe à leur côté. En y regardant de plus près, il découvrit le nom de sa bien-aimée gravé sur la pierre. Elle était venue le retrouver et ne le voyant pas venir, elle avait mis fin à ses jours. A côté de la tombe, on avait posé le livre de l'Abbé Prévost, Manon Lescaut, et un petit soldat de plomb qui représentait Napoléon Bonaparte.

En Louisiane, on raconte que si l'on aperçoit deux chênes dans un jardin, c'est sûrement le Jardin de la Louisiane.

« Mo bien comm mo yé », parole rare.

« je me trouve bien comme je suis »- ce sont des paroles rares.

Deuxième Vie

Interdiction De Parler Le Français En Louisiane : Loi De 1915-1968

A six heures du matin, dans le Bayou Lèche, les brises qui faisaient frémir la surface de l'eau et danser les feuilles des chênes laissèrent sourdre leur colère. Le cours du Mississippi devint agité et l'on entendit les cris de douleur de François Tujague, le défenseur de la langue française.

Des voix s'élevaient, pareilles à des roulements de tambours. Soudain, une voix amplifiée monta du centre ville de la Nouvelle-Orléans :

– Abattons la langue française ! Supprimons la langue française dans les écoles! Interdisons de parler le français dans les foyers!

En cette année 1915 où le comité d'éducation de l'Etat mit en place la suppression de la langue française dans toutes les écoles louisianaises, j'avais seize ans.

Des professeurs venus de l'Ohio sillonnèrent toute la Louisiane. Ils avaient pour mission de mettre fin au bilinguisme et de convertir les Louisianais à la langue unique : l'anglais.

La mélancolie s'abattit sur moi; je ne comprenais pas pourquoi je ne devais pas parler français dans la rue et à la maison. J'avais déjà eu à affronter la fièvre jaune et je devais maintenant lutter contre l'ignorance de ces bureaucrates anglo-américains anti-français. Ils ne savaient rien du passé de la Louisiane. Ils rejetaient tout l'héritage commun aux Amérindiens, Créoles blancs, Acadiens, Africains et Antillais qui avait engendré la langue cajun.

Quoique différents, tous étaient unis par le miracle de leur langue seule, et tous se plaignaient : « Pourquoi nous interdire de parler le français louisianais? »

Les propriétaires des restaurants, des hôtels n'affichaient plus leurs pancartes, leurs écriteaux et leurs enseignes en langue française. J'avais l'impression que les rues engloutissaient leur passé et que la langue française était broyée par le rouleau compresseur anglophone. Un sénateur d'origine anglo-saxonne avait lancé sa croisade depuis le centre-ouest des Etats-Unis . Il voulait mettre fin à la culture cajun ; il détestait les auteurs, les intellectuels francophones parce qu'il avait été élevé, durant toute son enfance, dans la haine et le mépris des autres cultures. On racontait que sa haine était plus forte que le son d'un haut-parleur et qu'il était déterminé à rayer la langue française de la carte de la Louisiane. Il fallait absolument interdire le bilinguisme et mettre les esprits sous l'éteignoir. On devait éradiquer la pensée voltairienne qui régnait sur ce grand Etat américain.

La mort dans l'âme, je commençais à m'interroger douloureusement: Qui suis-je? Dois-je avoir honte de ma culture française? La peur de rejeter mes racines s'était infiltrée en moi. Les radios, d'où les programmes en langue française avaient disparu de l'antenne du jour au lendemain, prônaient maintenant la culture anglophone à tous crins. Les bibliothèques avaient été fermées, les journaux français s'étaient envolés comme des nuages chassés par le vent. Les professeurs de français avaient été licenciés.

Jeune lycéenne, je ne comprenais pas ce qu'il m'arrivait. Je n'avais plus de cours bilingues. Les professeurs anglo-américains avaient envahi la salle des cours comme des fourmis. Ils étaient là pour humilier la culture francophone. Je me sentais inférieure et me demandais sans cesse où j'étais. Je ne reconnaissais plus la Nouvelle-Orléans. Le règlement était strict. Si par mégarde, je parlais français dans la cour de recréation ou en classe, je recevais des coups de pieds et je devais répéter à haute voix:

— Je ne parle qu'une seule langue et non deux.

On avait même renvoyé des élèves qui ne parlaient que la langue française. Beaucoup d'entre eux souffrirent et se sentirent rejetés. Certains se suicidèrent, désespérés de ne plus pouvoir assister aux cours.

J'avais l'impression que les racines de mon arbre familial étaient arrachées.

Selon mes professeurs, deux langues pouvaient diviser le cerveau et le rendre confus. À ces mots, je sentais la présence d'un couteau tranchant en train de couper mon cortex en deux. J'avais les nerfs à fleur de peau, et je commençais à me demander si j'allais devenir folle. Je voulais, comme le pirate Jean Laffitte, sauver la Nouvelle-Orléans de la défaite et de la ruine. Grâce à lui, on avait bâti des demeures dans la petite baie de Baratia.

Les poèmes et les nouvelles du grand écrivain français louisianais, François Tujague, étaient bannis des cours. Mon professeur d'anglais, monsieur James, ne voulait plus que je lusse «l'habitat St-y-bar» de Mercier. C'était un roman historique qui m'avait permis de comprendre l'esclavage qui avait entaché la Louisiane.

Dans la cour de l'école, les professeurs, vêtus de chemises bleues, portaient sur leur poitrine un écusson avec le slogan: « un drapeau, une nation et une seule langue ». Ils faisaient la chasse aux mots français qui se répandaient comme une fuite d'eau. Ils étaient comme des pêcheurs qui essaient d'attraper les poissons. Le professeur James adorait coller son mégaphone devant la bouche des élèves et les forcer à réciter les fameuses paroles de son invention:

– La Louisiane ne sera jamais bilingue! Lorsque vous pleurez, je ne veux entendre que des pleurs anglais. Quand vous criez, je ne veux entendre que la voix de mon pays. Quand vous souffrez, toussez, une seule langue doit sortir de votre bouche: l'anglais. Enseigner d'autres langues peut empoisonner votre cerveau et vous rendre encore plus malades qu'avant!

Sans comprendre ce qui m'arrivait, j'avais osé crier :

– Et quand on pète ?

– Pardon ? interrogea le professeur James.

– Flatuler en public pourrait être perçu comme un manque de délicatesse et interprété comme une offense particulièrement grave par la personne victime de ces vapeurs nauséabondes anglaises.

Un tonnerre de rire éclata dans la salle. Alors, le professeur James prit mon bras avec force et j'eus l'impression d'être la proie des flammes. Ses yeux emplis de fumées noires et de mépris polluaient mon visage clair comme la lune. Il m'enferma dans une pièce sombre et me tapa sur les doigts jusqu'à ce que je criasse de douleur.

A ma sortie de cette sombre prison, je dus écrire les trois concepts trois cents fois: «un drapeau, une nation et une langue ». La langue française devait disparaître comme une flaque d'eau que le soleil sècherait. Il fallait que je réprimasse le bilinguisme et n'embrassasse qu'une seule langue. Sans comprendre pourquoi, je commençais à avoir honte d'être louisianaise. Au fur et à mesure, la joie de vivre que m'avaient transmise mes ancêtres cajuns francophones s'évanouit comme la vapeur au sortir d'une tasse de thé. La musique cajun, les mélodies de mes ancêtres étaient interdites. Le centre ville, vide de son énergie, de sa culture française, s'étiolait.

La nouvelle affligea mes parents qui ne comprenaient pas pourquoi je ne devais plus parler français à la maison. La loi de 1915 était bien claire sur ce point: interdiction de parler français en public, à l'école et à la maison. Mes parents, d'origine canadienne, versaient un torrent d'injures sur le texte de loi.

A cette époque, ceux qui parlaient l'anglais étaient applaudis, vénérés. Ceux qui parlaient la langue de Voltaire étaient méprisés. Mon père me disait: «N'est ce pas vrai que les gens tolérants sont incompris? Voltaire n'était-il pas incompris?»

Mon père me parlait de Voltaire et de tolérance, ce qui m'échappait; ce qui était certain, c'était que seuls mes camarades anglophones étaient admirés par Monsieur James. Je n'avais jamais douté de mes parents, de mes professeurs. J'étais une excellente élève bilingue qui adorait lire Shakespeare, Jane Austen, Henry James, Voltaire, Proust et Mercier. Je m'exaltais devant les phrases longues de Proust qui étaient semblables au fleuve du Mississippi. Mon père m'avait enseigné que mes ancêtres étaient créoles, et acadiens et que je devais être fière d'avoir un esprit bilingue. Il me disait: «Avoir une culture bilingue te forgera un esprit tolérant.»

Mais, je ne comprenais pas du tout ce qu'il m'arrivait. Mon professeur venu de Cleveland me disait tout fort:

— -Le bilinguisme est comme le poison. Il peut détruire le cerveau et créer des hallucinations.

Alors, j'assistais aux cours de Monsieur James et je

regardais avec effroi la division de l'école: d'un côté, les Cadiens (les Canadiens français), les Créoles Antillais, et de l'autre, les Anglophones.

Pour le professeur James, les Cadiens et les créoles étaient considérés comme des cas dangereux à surveiller. Ils étaient lents et inférieurs. Ils étaient traîtres au pays.

Il m'appelait la « cajun». Durant les cours d'écriture, il me punissait si mes lettres apparaissaient trop françaises à son goût. Il fallait écrire à l'anglaise. Mes mots étaient attachés et illisibles. Il déchirait alors mon essai et me disait :

- Ici, on écrit en anglais. On n'écrit pas dans la langue cajun.

Il déménagea mon bureau dans le couloir et m'infligea des quantités de pages d'écriture. Comme j'écrivais mal, je devais les faire au crayon à papier. Si la mine du crayon se brisait, j'étais punie. Depuis ce jour là, j'eus des crayons que je cachai soigneusement dans le tiroir de mon pupitre. Je recevais des coups de règles sur les doigts si par malheur je faisais une faute d'orthographe.

Pendant les cours, ma voix était sèche comme si j'eus été dans le désert. Des douleurs me rongeaient le ventre et j'avais l'impression de recevoir des coups de marteau. Ma voix tremblante était comme le bruit d'un moteur. Des sillons de larmes me creusaient les joues. L'air dégageait une odeur âcre et humide, je grelottais sur mon siège. J'essayais tous les jours de calmer les pensées noires qui galopaient sous mon crâne comme un cheval débridé.

Puis un matin, alors que je dévisageais les élèves de la salle de classe, j'aperçus une jeune fille au nom anglophone : « Betty ».

Elle me jetait tout te temps des sourires au visage. Ne

sachant que faire pendant la recréation, je baissais la tête. Mais ce jour là, elle osa s'asseoir près de moi. Elle voyait bien que je souffrais comme un animal en cage.

D'une voix tremblante, je lui dis:

— Bonjour, Betty.

— Bonjour, France. Tu sais, tu as un prénom difficile à porter en ce moment. Monsieur James voudrait que tu changes de prénom.

— Oui, le proviseur a convoqué mes parents pour que j'anglicise mon nom. Ce serait comme si on enlevait la France de toutes les cartes géographiques, lui a répondu mon père.

— Qu'a dit le proviseur ?

— Il a cessé d'ennuyer mes parents.

— J'ai répété ce que mon père avait dit au professeur James, et là, je ne sais pas pourquoi, j'ai reçu deux coups de ceinture. Peut-être qu'il faudrait contacter l'ambassadeur de France et lui dire qu'il y a un problème?

— Deux coups de ceinture ! Monsieur James a osé te battre ainsi?

— Ben oui, toi, tu ne peux pas comprendre. Tu portes un si beau nom, Betty.

— Une lueur de tristesse obscurcit son visage, et je sentis qu'elle me comprenait. Puis, elle me souffla:

— Avant cette loi, je m'appelais Béatrice.

Elle me quitta, et mon cœur commença à enfler d'espoir. Cette jeune fille semblait vouloir sympathiser avec moi. Je n'avais pas de chance, je portais un nom maudit par les textes de loi: France.

Le lendemain, Betty, d'une voix étranglée, m'expliqua que depuis longtemps, elle avait honte de la langue française, de sa lenteur. Là, je ne comprenais plus rien. Je pensais qu'elle était vraiment anglophone. Elle m'avoua que sa mère était d'origine française et qu'elle se sentait coupable quand elle pensait en français. Elle avait même honte de son accent du sud qu'elle ressentait comme inférieur à l'accent du centre de l'Amérique. Je la consolai comme je pus. Je lui dis qu'il faudrait nous battre pour ne pas perdre notre langue maternelle, le bilinguisme était un avantage, surtout dans le domaine de la diplomatie. Betty pleura longtemps, elle me raconta que, née d'une famille de professeurs, elle avait appris à parler le français et à chanter les chansons pour enfants. Elle lisait autrefois avec sa mère les journaux bilingues. Mais, depuis cette loi, sa mère tressaillait de peur que les voisins ne les entendissent parler en français. Même les mouches pouvaient être des espionnes et les dénoncer, disait Betty qui aimait lire Les Quarteronnes de La Nouvelle Orléans, œuvre de la fameuse écrivaine Sidonie de La Houssaye.

Elle avait grandi entourée de musique cajun et avait concentré toute son attention sur les langues française et anglaise. Cette situation l'avait perturbée et elle se sentait divisée à la maison entre un père anglais et une mère française. Je ne vous dis pas le désordre dans sa tête à cause de cette loi.

Ce qui me choqua c'est qu'elle osa me confier:

— Mes parents ont gâché ma vie. Ils ont eu tort de m'enseigner les deux langues à la maison. Le bilinguisme est mauvais.

Elle éclata en sanglots. Je ne comprenais pas pourquoi elle blâmait ses parents de la richesse culturelle que recelait son cœur. Les pleurs de la jeune fille m'émouvaient et me déconcertaient tout à la fois. Je me sentais inondée de ses sanglots de la tête aux pieds.

Néanmoins, je réussis à la convaincre d'oublier ses griefs et d'être fière de ses deux cultures. Elle essuya ses larmes et me fit jurer de garder le secret quant à l'origine de ses parents. Il fallait que le professeur James pensât qu'elle était vraiment et seulement anglophone.

Elle connaissait tous les journaux bilingues louisianais: la Tribune de la Nouvelle-Orléans, le journal l'Abeille, l'Athanée Louisianais. Elle récitait les poèmes composés par l'élite créole blanche. Tous ces journaux avaient disparu de la circulation. Nous aimions répéter ensemble la phrase célèbre d'Alfred Mercier:

> — Mais de ce que nous nous appliquons à bien parler l'anglais, est-ce une raison d'oublier le français? Croire que c'est trop deux langues, comme on l'a dit spirituellement, c'est penser de la même manière que ce fou qui, trouvant qu'il avait trop de ses deux bras, s'en coupa un.

A la fin des cours, Betty m'emmena au centre ville. Les rues répandaient un désordre indéfinissable. La Nouvelle-Orléans était devenue méconnaissable. L'ambiance chaleureuse qui, auparavant, respirait bon la joie de vivre, s'était évanouie. Le quartier français avait ravalé son passé comme une vomissure honteuse. La déferlante du sectarisme anglo-saxon avait détruit l'environnement culturel jovial. Le carnaval de Mardi

Gras était interdit, la musique cajun avait été remplacée par de la musique Country. Tout me semblait lugubre. Plus de joie de vivre, plus de chants en Français. Les monuments, les boîtes aux lettres qui dévoilaient des noms français, tout cela fit naître en moi une irrépressible nostalgie. J'étais fragile comme de la soie distendue.

Dés le début de la campagne anti-française, la ville s'était divisée en deux parties: la Louisiane créole-française et la Louisiane anglo-saxonne. Les militants de la Louisiane créole-française juraient de défendre leur territoire contre l'ignorance de l'extérieur. Les militants qui ne jugeaient acceptable que la culture anglo-saxonne, confisquaient les prospectus et déchiraient les livres de Testut, Sidonie de La Houssaye, François Tujague, Voltaire, Balzac et de Mercier étalés sur les étales. On répliqua alors à la violence par la violence. La ville offrait un paysage désolé. Bousculées par des militants qui collaient aux murs et sur les poteaux des affiches en anglais et décollaient toutes celles en français, nous nous mêlâmes à la cohue coléreuse. Soudain, un groupe de jeunes arriva, deux hymnes de la révolution française tonnèrent: l'un venant de France, et l'autre de la Louisiane appelé: « La révolution noire ».

Un jeune créole chanta l'hymne qui émut la foule. On avait l'impression d'écouter l'auteur Camille Naudin entonner son chant de paix:

Ne dis plus: mort, sang et vengeance.

Debout! L'heure est venue, à chaque travailleur
Le pain (bis) qu'il a gagné, qu'importe sa couleur.
Allons! Malgré votre race,

Hommes de couleur, unissez-vous;
Car le soleil luit pour tous.

Que chaque peuple heureux, prospère,
Au fronton de l'humanité,
Grave ces mots: en toi j'espère,
Tu règneras, Égalité.

Et le Cadien à côté de lui, chantait à pleins poumons:

Amour Sacré de la Patrie,
Conduis, soutiens, nos bras vengeurs. Liberté, liberté
chérie
Combats avec tes défenseurs!
Combats avec tes défenseurs!
Sous nos drapeaux, que la victoire
Accoure à tes mâles accents!
Que tes ennemis expirants
Volent ton triomphe et notre gloire! Aux armes,
citoyens!
Formez vos bataillons!
Marchons, marchons!
Qu'un sang impur abreuve nos sillons!

Betty me prit le bras et côte à côte, nous chantâmes les deux chants révolutionnaires. Ma voix se noyait dans la foule. Le souffle du vent, lui aussi, paraissait avoir des intonations françaises. Le grondement du Mississippi venait cajoler nos douces voix qui imploraient la paix. Je ne m'entendais pas, mais les voix douces de mes camarades faisaient vibrer ma tête et me réchauffaient le ventre. Tous nous voulions étudier le français à l'école et suivre une éducation bilingue. Nous ne voulions pas être coupés de nos ancêtres, de nos voisins français, québécois et antillais. Comment communiquerions-nous avec eux?

Je regardais la foule, fleuve d'espoir et de tolérance. Soudain, l'on entendit une voix cristalline provenant d'un haut-parleur:

Mes amis francophones, on nous interdit de parler le français dans les rues, de lire des livres français à nos enfants. Aujourd'hui, nous devons lutter contre la ségrégation raciale et le sectarisme anglo-saxon. N'oublions pas qu'au cours de l'histoire, l'Américain a toujours été l'allié du Français – et donc du Cadien – alors qu'au nord, l'Anglais ennemi de toujours ne dissimule pas sa volonté d'éliminer toute trace française dans l'ancienne Acadie; nous devons lutter contre ces esprits étroits et intolérants. Luttons ensemble contre la ségrégation raciale et l'abolition de la culture francophone dans nos écoles. La loi anti-française ne pourra rien faire contre nous. Nous avons lutté contre l'esclavage, nous avons lutté pour ouvrir des éditions françaises. Maintenant, on nous demande de ne pas éditer de journaux français. Quel sera l'avenir de la Louisiane francophone, si nous rejetons notre culture? Peut-on dire aux Anglo-américains de renier leur culture britannique? Non, bien sûr, ils ne le feront jamais. Tout ce qu'ils veulent faire est asservir le peuple et le rendre inférieur. Plus de langues, plus de cultures, voilà ce que veut l'homme sectaire qui prône la ségrégation raciale. La Louisiane a un passé français et les journalistes, les écrivains venus de France, et du Canada, ont apporté leurs esprits voltairiens et tolérants. Les monuments, le quartier parisien, les mairies crient le passé français. Lorsque nous traversons les quartiers et les rues, devons-nous ignorer nos ancêtres? Cela serait comme si nous ignorions nos naissances.

Frères, battons-nous contre le sectarisme! Ne laissons pas la Louisiane être asservie par des esprits fermés!

Le chant reprit. Saisie d'une émotion violente et exaltée, je ne pouvais prononcer un seul mot. Ma voix était silencieuse comme un lac de montagne. Jamais un discours ne m'avait tant touchée. Dégoulinantes de sueur, nous buvions comme si nous étions dans le désert. Je ne comprenais plus du tout ce qui se passait. Nous étions traitées de traîtres et d'antipatriotes par des défenseurs de l'unilinguisme qui nous criblaient de coups. Comment des personnes venues de l'Ohio pouvaient-elles insulter notre propre Etat? Ils n'avaient pas de parents, pas d'amis en Louisiane. Ils étaient là pour nous enseigner que nos ancêtres ne valaient rien. Nous criâmes au scandale et nos chants hurlèrent: «A bas le sectarisme! Protégeons nos enfants contre l'intolérance, vive la pensée voltairienne!»

La foule s'échauffa, quand on les vit déchirer les livres de Voltaire et de Montesquieu. Nous ne pouvions tolérer une telle injustice. Nos cœurs saignèrent en voyant les pages de L'Esprit des Lois en lambeaux.

Le vent faisait bruisser les deux drapeaux français et américain. Je voyais souvent dans nos jardins les oriflammes des deux pays se mêler lorsque le vent les fouettait.

Tandis que nous manifestions notre fidélité à la culture francophone, une foule considérable s'était rassemblée sur le trottoir pour nous applaudir. Soudain, l'arrivée de la police généra une tempête de violence. On arrêta le jeune créole au haut parleur. Des larmes de désespoir me mouillèrent les joues. Mes bras tremblaient en voyant les drapeaux tricolores confisqués par la police.

Betty me poussa loin de la foule et m'emmena dans le jardin appelé la « Louisiane ». Elle me disait que ce jardin était particulier et permettait aux amis de se retrouver et de se jurer fidélité. Cela m'amusait beaucoup. Elle me montra aussi les noms gravés sur les troncs d'arbre. On s'amusa à les déchiffrer et à imaginer les vies qu'avaient menées ces ancêtres francophones.

Au lycée, notre séparation était douloureuse. Betty s'asseyait avec ses camarades anglophones et moi, je devais être avec ceux qui parlaient le français, parmi les cas à ne pas perdre de vue. Le professeur avait eu l'idée de désigner trois élèves pour surveiller les francophones pendant la récréation. Leur mission consistait à capter les mots français et faire un rapport au professeur James. Ces trois petits 'pions' s'appelaient Nick, John et Tom.

Ces trois mouchards étaient là pour dénoncer les traîtres, c'est-à-dire, les élèves qui parlaient français pendant et en dehors de la classe. Leurs yeux, leurs oreilles parcouraient la cour de recréation, comme ceux d'un gardien de prison. Un jour, je fus dénoncée parce que j'avais dit: «Nom de Dieu!» Mes mots, à peine envolés comme une poussière, vinrent se nicher dans l'oreille de l'espion aux grosses lunettes, Nick. Il courut immédiatement les rapporter. Le bruit de ses pas interrompit la discussion entre le professeur James et ses collègues. Le silence se fit autour de moi, angoissant et épuisant. J'étais devenue l'ennemie, la traîtresse. J'avais proféré un juron sur le slogan: « le bilinguisme est mauvais pour le cerveau » et commis un péché mortel: parler une autre langue.

La voix criarde de Nick brisa le silence:

— Toi, France, répète ce que tu viens de dire en français?

Alors, sans comprendre pourquoi, j'osai lui répondre:

— Et toi répète donc ce que tu viens de dire en français, tu as bien dit France.

— Comment ça? Je n'ai pas dit un mot en français.

— Si, tu viens de dire France. Toi aussi, tu as commis un péché mortel. Le professeur James doit te punir.

Mes camarades ne comprenaient plus ce que je disais, mais le professeur James s'approcha et me pressa de répondre:

— Alors, tu vas répéter tes propos, France?

— Mais, professeur James, je ne sais quoi vous dire. Nick vient de prononcer un mot français: France. Et il ose soutenir que c'est moi qui ai parlé en français.

— Pas du tout, monsieur James.

En voyant que je me moquais de son espion, le professeur James me força à m'agenouiller devant mes camarades. Deux bons coups de pieds me firent perdre l'équilibre. J'avalais mes larmes pour sauver mon honneur. Je refusai de reconnaître le crime d'avoir parlé français et je continuais d'affirmer que le professeur et le petit cafteur avaient prononcé un mot français « France ». Le lendemain, une punition m'attendait: écrire mille fois: « un drapeau, une nation et une langue ».

Je détestais monsieur James, et son nom me donnait la nausée. Il dressait les élèves anglophones contre les élèves francophones et j'avais l'impression de reperdre la bataille de Waterloo. Avant l'interdiction de la langue française, nous avions joué et ri tous ensemble. Nous prétendions être Jefferson et Napoléon. Nous échangions des mots anglais et français entre nous. Nous semblions unis dans cette cour de récréation. Maintenant, un rideau de haine et d'intolérance était tombé comme une chape de plomb sur la cour, et nous jouions au bourreau et au martyr, au traître et à l'espion. Pour le professeur, l'ennemi était partout. La guerre contre la culture francophone était semblable à la bataille de Waterloo, où Napoléon avait été encerclé par des forces armées en surnombre. Des flammes de haine et de mépris jaillissaient des yeux de monsieur James. Son sectarisme nous glaçait le sang, comme l'eût fait un hiver froid et sinistre.

Malgré le regard doux que Betty posait sur mon visage pour m'aider à affronter l'adversité, je voulais agir. Elle sentait que je voulais me battre contre cette injustice et me voyait serrer les poings, quand le professeur donnait des coups de pieds aux élèves francophones. Jour après jour, mon sang bouillonnait de colère qui ne demandait qu'à exploser, tel un geyser d'eau brûlante. Je ne savais comment réprimer cette violence que j'avais en moi. Que pouvais-je faire?

En allant dans le jardin de la Louisiane, il me semblait entendre la voix de Victor Hugo dire au poète Louis Fréchette: «Seule la littérature francophone et non le folklore pourra assurer l'avenir de notre langue en Amérique.»

Pendant que je regardais les feuilles tourbillonner comme dans l'œil d'un cyclone, une idée voltigea soudain dans ma tête: je devais enterrer les livres franco-louisianais et les journaux anciens dans ce jardin.

Puisque la langue française était interdite en Louisiane, il fallait sauvegarder le peu de littérature que nous possédions. La bibliothèque du lycée possédait des anciennes revues de l'Abeille, et des autres magazines bilingues. Elle avait aussi entreposé les livres des auteurs louisianais: Alfred Mercier, Charles Chauvin, Sidonie de La Houssaye, François Tujague, Adrien Rouquette, Charles Testut, Jules Choppin, Louis-Armand Garreau et Armand Lanusse. Je me mis à pleurer en me remémorant la fin du poète lépreux Alexandre Latil qui composa ses prières éphémères dans une cabane sur les bords du Bayou Saint-Jean, la terre des lépreux. Alors même que la maladie rongeait son corps, le jeune homme avait cherché refuge dans un lyrisme poétique.

— Si la France se réjouit d'avoir Alfred de Musset, la Louisiane peut se vanter de posséder Alexandre Latil, dis-je à voix haute.

Betty m'avait rejoint et fut étonnée de me voir arpenter le jardin. L'allée des grands chênes verts me fascinait, et je regardai avec admiration les deux chênes. En me voyant plonger dans mes pensées, elle interrompit mon voyage spirituel :

— A quoi penses-tu?

— Aux livres louisianais et français de la bibliothèque. Que va-t-on en faire?

— Les vendre ou les jeter, répondit-elle.

Sa réponse m'effrayait. Je fus prise d'une immense tristesse et je me tus. Mon silence avait troublé mon amie, qui posa ses yeux sur moi un long moment avant de me dire:

— Tu ne dois pas te lamenter pour des livres.

— Mais tu ne comprends pas, ces livres, dans cette bibliothèque, représentent le passé et la richesse de notre culture créole-cajun-française. Il y a de vieux journaux. Il faut les enterrer dans le jardin de la Louisiane. Il nous faut échafauder un plan.

Betty s'indigna de mon projet:

— Tu ne peux pas faire cela, ce serait du vol. Tu ne peux pas t'accaparer les livres français. C'est contre la loi.

— Si, ainsi protègerai-je le passé qu'on m'a volée.

Betty scrutait mon visage sombre. Elle sentait la révolte bouillir en moi. Mes lèvres pincées trahissaient la grande tension qui m'habitait. Le silence régna entre nous pendant de longues minutes, avant que Betty ne le rompît:

— Oui, tu as raison. Allons-y! Prenons les livres de la bibliothèque du lycée, protégeons-les et enterrons-les derrière ces deux chênes ! Le chêne est un symbole de longue vie.

Avant de quitter le jardin de la Louisiane, nous jurâmes devant les deux chênes de taire notre secret. Nous vîmes les feuilles de ces deux arbres frissonner, et j'eus le sentiment que les ancêtres louisianais nous comprenaient et nous approuvaient.

Le lendemain, le professeur James nous fit une leçon sur Jefferson et la vente de la Louisiane. Il insista sur le fait que, depuis la vente de la Louisiane par le maudit homme qu'était Napoléon, une seule langue devait nous imprégner, l'anglais. La phrase qu'il employa pour ce faire me déchira le cœur comme si on eut arraché tous les livres historiques sur la France:

— Napoléon céda le français à la langue anglaise en vendant la Louisiane, donc vous devez abandonner votre culture puisque l'empereur vous a vendus. Parler deux langues rend l'esprit confus.

Soudain, la colère s'empara de tout mon être, et je lui répliquai d'une voix grondante:

— Non, même si la Louisiane appartient aux Etats-Unis, nous devons nous souvenir de notre culture. Si on vous disait, monsieur James, d'oublier votre culture britannique, que diriez-vous?

La stupeur saisit le professeur, et je vis ses lèvres trembler de haine. Il s'avança à grands pas vers moi et me leva brutalement de ma chaise. Nous rejouions la bataille de Waterloo. Une pluie de coups de pieds s'abattit sur moi. Je parvins à me relever et je lui crachai au visage. Hors de lui, monsieur James envoya chercher le proviseur qui arriva sur-le-champ. Je fus renvoyée de l'école pendant un mois. Mes pauvres parents se désolaient de mon acharnement à désobéir au professeur James. Je décidai, après m'en être confiée à Betty, de mettre mon plan à exécution.

Ce jour là, le ciel était lourd de nuages d'un noir d'acier. Un cumulus que je regardais par la fenêtre creva soudain, comme une ampoule infectée dont on eût fait jaillir le pus. La terre du jardin de la Louisiane était détrempée et les arbres disparaissaient derrière un rideau de pluie.

J'attendis la fin des cours pour me perdre dans l'établissement. Je me fis petite souris. Je frissonnais à chaque fois que je posais les yeux sur l'aiguille de ma montre. Les élèves finalement sortirent, le moment était venu. Je vis Betty sortir de l'ombre et venir à ma rencontre. Elle avait volé la clé de la bibliothèque! Je ne savais pas comment elle avait pu s'y prendre pour le faire, mais je fus ravie d'avoir une compagne, doublée d'une complice. Lorsque Monsieur James et le personnel administratif prirent congé, nous nous glissâmes à l'intérieur et montâmes au premier étage. Nous avions convenu que Betty ferait le guet devant l'entrée de la porte du proviseur, à une courte distance de la bibliothèque qui était attenante au bureau du professeur James. Dés que j'entrai dans la salle sombre et fermée de l'étude, je me dirigeai vers le coin qui abritait les livres en français sur la Louisiane et la France. Ils étaient tous là: Alexandre Dumas, Voltaire, Alfred Mercier, Charles Testut, Diderot, Montesquieu, Tujague, Sidonie de La Houssaye. J'avais avec moi une grosse valise que j'emplis en vitesse de ces trésors. Puisque la langue française était interdite, personne ne se rendrait compte de ce vol. Mon héritage culturel ne serait pas perdu.

Un courant d'air qui s'infiltrait dans la salle de lecture par la fenêtre me donna la chair de poule. J'avais peur de me faire prendre. Tremblant de tout mon corps, je me mis à marcher avec difficulté.

Betty, inquiète, m'attendait avec impatience. Je hâtai le pas vers elle, lorsque, soudain, une lumière m'aveugla. C'était le professeur James avec sa torche. Nous avions été dénoncées! Monsieur James me tordit violemment le poignet et m'obligea à ouvrir ma valise. Quelle ne fut pas son horreur d'y découvrir les livres français interdits. J'avais même eu l'audace un jour de lui recommander certains d'entre eux, La Démocratie en Amérique d'Alexis de Tocqueville, ainsi que Le Fou de Palerme et l'Étude sur la langue créole en Louisiane d'Alfred Mercier.

Mes paroles me revinrent en mémoire:

– Monsieur James, voilà certes un médecin et écrivain que vous devriez lire: Alfred Mercier. Il consacra ses dernières années à la sauvegarde de la culture créole en Louisiane, s'opposant à la politique culturelle anglophone qui menaçait la langue française depuis la Guerre de Sécession.

Pour toute réponse à mon insolence, le professeur, furieux, m'avait alors asséné un terrible coup de poing. Il triomphait maintenant. Il avait devant lui toutes les pièces à conviction pour m'incriminer: les livres d'Alfred Mercier, ceux de François Tujague, tous deux défenseurs de la langue française.

Monsieur James m'enferma dans le bureau du proviseur et attendit que la police et ma famille arrivassent. Mes parents, horrifiés d'apprendre que je n'étais qu'une vulgaire voleuse, demandèrent aux représentants de la loi de m'envoyer au cachot pendant vingt-quatre heures.

Indignée, je leur rétorquai que j'avais sauvegardé la culture louisianaise et que je les avais protégés du mal en préservant les livres d'Alfred Mercier et François Tujague.

L'officier de police qui n'avait jamais ouï dire d'Alfred Mercier n'entendit rien à mon histoire. Pour lui, la seule chose qui comptait était que je n'avais pas respecté la loi sur l'interdiction de la langue française.

Durant mon séjour au cachot, j'eus le temps de réfléchir à qui m'avait dénoncée. À l'évidence, quelqu'un avait révélé mon plan à monsieur James. Les deux chênes? Impossible. Ils ne parlaient pas! Les trois espions, curieux comme des taupes? Nick s'était-il caché derrière le chêne? C'était ma foi bien possible. Sa grande gueule était pire qu'un bec de canard. La morsure de ses médisances pouvait blesser ses victimes.

C'est en cherchant les réponses à toutes les questions qui tourbillonnaient dans ma tête que j'attendis que mes parents vinssent me tirer de cette cellule. Lorsque je retournai à la maison, mes parents m'enfermèrent dans ma chambre. Je pensais avec angoisse à Betty et je me demandais si elle allait bien.

Un mois plus tard, l'heure du châtiment devant toute la classe sonna. L'on me conduisit sur la scène de mon supplice. J'étais nerveuse, obsédée par l'identité de mon dénonciateur inconnu. Malgré l'énorme écriteau que le professeur avait suspendu à ma poitrine et qui dénonçait mon crime: « voleuse de livres franco-louisianais », je réussis à émettre un rire nerveux. Au-dehors, le drapeau américain claquait au vent. Le ciel déroulait un ruban de nuages sombres. Le professeur James commença son discours et répéta plusieurs fois:

Un drapeau, une nation et une

langue. Avant d'enchaîner :

— Les autres langues ne doivent pas être enseignées. Seul l'anglais est important dans le monde !

Puis, il laissa éclater sa rage.

— Regardez bien cette voleuse de livres. Elle a voulu dérober des livres français pour promouvoir la langue française et vous empoisonner l'esprit avec Alfred Mercier. C'est un crime ! Ne vous laissez pas embobiner par cet écrivaillion !

Je fus poussée sur le devant de l'estrade, où, face à mes camarades, l'on me fit agenouiller. J'avais les genoux en feu, il m'en coûtait de contenir mon mépris à l'écoute des propos haineux de monsieur James. Alors que je me tenais dans cette position humiliante, j'observai mes camarades impavides et passifs. J'étais écœurée de voir qu'aucun n'avait pris ma défense. Les Créoles et les Cadiens baissaient les yeux de peur de croiser les miens. Leurs visages respiraient la soumission et la souffrance.

Je dus me résigner à accepter la punition. Laissant planer mon regard sur la salle, je compris que je n'avais rien à attendre de ceux que je considérais comme mes amis, mes frères de sang. Leur opprobre à l'égard de mon vol se lisait dans leurs yeux. Si j'avais pu leur donner des explications sur ma conduite, peut-être auraient-ils pu m'approuver, à tout le moins comprendre ma démarche.

Je ne vis pas Betty parmi eux. Je me demandais où elle pouvait bien être. Soudain, une pluie de coups de pieds s'abattit sur mes fesses. Ma gorge était sèche à force de ravaler ma salive. Une cruelle désillusion acheva de me briser, lorsque le professeur James salua Betty qui faisait son entrée dans la salle:

— Betty, ma chère fille, approche. Merci d'avoir

été mon assistante et de m'avoir fait un rapport circonstancié sur chaque élève. Tu as eu le courage de révéler l'endroit où cette criminelle voulait cacher les livres. Je vous présente à tous ma fille, Betty James. Confiez-vous à elle; ma Betty est là pour vous aider.

Le sang s'était glacé dans mes veines. Ma voix s'étrangla et je ne pus que gargouiller un misérable son. J'adressai malgré tout à Betty un regard si hostile qu'elle en baissa les yeux.

La punition accomplie, je rentrai chez moi, amère et submergée par la rancœur et la haine. J'avais cru en Betty, nous nous étions jurées devant les deux chênes de garder le secret. J'avais ouvert mon cœur et mon jardin à une perfide traîtresse.

Fatiguée, désillusionnée, je me laissai aller au désespoir pendant des jours et des nuits. Mes parents se tourmentèrent et firent appel aux meilleurs médecins, mais tous les médicaments du monde n'auraient pu soigner le mal qui m'avait frappée : la trahison de celle que j'appelais mon amie. J'avais été dupée dans le jardin de mes ancêtres. Je maudissais désormais le jardin de la Louisiane où les ténèbres avaient pris le dessus, et je ne voulus plus voir les deux chênes.

Les mois s'écoulèrent et, peu à peu, ma douleur diminua. La cicatrice se referma, ma peine, avec le temps, s'estompa. La colère et l'obsession de la vengeance avaient disparu, comme de mauvaises herbes emportées par le vent. Petit à petit, je repris le chemin du jardin de la Louisiane. Tous les jours, j'allais entretenir avec soin la terre de mes ancêtres. J'arrosais les fleurs, je coupais les herbes folles et mon âme recouvra la paix à la vue de ce beau paysage champêtre.

Un jour, alors que, accroupie, j'arrachais quelques racines, je reconnus une voix familière derrière moi :

– France, pardonne-moi ! C'est moi, ton amie Betty.

Je me retournai, une lueur féroce dans les yeux. Je vis qu'elle avait pleuré. Je l'invectivai :

– Va-t'en, moucharde. Je ne veux plus te voir. Souviens-toi, nous avions juré devant ces deux chênes de ne jamais nous trahir. Tu m'as vendue.

– Je suis désolée, mon père m'a forcée à te dénoncer. Je regrette tellement. Je t'en supplie, France, pardonne-moi ! Je suis ton amie. Tu dois me croire !

– Je ne veux pas de ton amitié. Je t'avais donné la mienne, tu l'as bradée. Va-t'en et ne reviens jamais, lui répondis-je, les mâchoires serrées.

Son visage était crispé de douleur. Ses yeux étaient embués de larmes. Son nez était rouge d'avoir pleuré. Comprenant enfin qu'elle ne pourrait me convaincre, elle s'enfuit en sanglotant. Ma mère décida de m'enseigner le français et les autres matières à la maison. J'assistais à des cours bilingues chez des amis de la famille. Je conversais en cachette avec ma mère dans le jardin de la Louisiane. Nous écrivions des histoires et des essais en français que nous enterrions derrière les deux chênes. Nous nous disions qu'un jour, lorsque nous trépasserions, les gens découvriraient l'histoire de notre vie. L'humiliation ressentie à parler le français dans de telles conditions était enfouie sous la terre protectrice.

Je passai mon baccalauréat avec succès et je devins professeur d'université dans un département de langues. Je parlais non seulement l'anglais et le français, mais aussi l'italien, l'espagnol et le chinois. Je savourais le caractère tolérant, ouvert et pacifique qui avait pris possession de mon âme, à l'étude de plusieurs cultures.

Quand j'atteignis l'âge de 69 ans, le CODOFIL (Conseil pour le Développement du Français en Louisiane) fut créé par James Domangeaux. Je n'avais plus honte depuis longtemps de parler le français. Cependant, je continuais à écrire des histoires que j'enterrais rituellement derrière les deux chênes. Un matin, alors que je m'approchai des deux arbres, je découvris un colis à mon nom. Étonnée, je l'ouvris vivement. Quelle ne fut pas ma surprise de découvrir à l'intérieur de vieux livres d'Alfred Mercier. Un petit mot avait été glissé dans le paquet:

J'ai toujours voulu que tu conserves la langue de tes ancêtres. Ces livres sont pour toi, garde-les et enterre-les derrière les deux chênes.

Ton amie, Betty.

« La misère à deux, Misère et Compagnie. »

« La misère à deux, c'est Misère et Compagnie. »

Troisième Vie

L'Ouragan Katrina: Le Départ De Mon Père Chinois

Je n'étais pas là lorsque l'ouragan Katrina s'est abattu sur mon jardin de la Louisiane. Maman et moi étions en Chine, plus précisément dans le jardin de Pékin. Après la fin de l'ouragan et de l'inondation de la ville, nous sommes revenues quand nous le pûmes, et mes grands-parents ont juste dit que Papa était loin, qu'il était parti ailleurs chercher du travail.

Je découvris avec effroi les fleurs de mon jardin noyées et les herbes ivres de vent et de pluie. L'ouragan avait frappé violemment, comme un poing fermé. Les ancêtres créoles ont dû pleurer en voyant herbes et fleurs disparaître, emportées par les pluies torrentielles et les flots noirs ravageurs. Il m'a fallu beaucoup de force pour contempler le spectacle hideux et destructeur de la nature meurtrière. Je suis quand même retournée dans ce jardin pour le reconstruire, parce que mes grands-parents m'ont dit:

Lorsque tu auras fini de reconstruire le jardin de la Louisiane, ton père reviendra.

J'ai chassé l'eau qui avait tout englouti : roses, coquelicots et arbustes. Seuls, les deux chênes, indestructibles, avaient survécu au passage de l'ouragan. Katrina ne les avait pas emportés avec lui. Les sentiers, emboués, avaient l'apparence de sables mouvants. Plus je les empruntais, plus je sentais mes pieds s'enliser, comme si le néant allait me happer. On me parla de mes voisins qui avaient péri et mes larmes coulèrent, intarissables. Le vent grondait et je partageais sa fureur. Ma chère Louisiane avait été meurtrie, irrémédiablement flétrie dans sa chair; ses souffrances me déchiraient le cœur. Les sanglots des Louisianais s'envolaient dans l'air pour venir se poser aux pieds des deux chênes. Éole en colère semblait confirmer les dires: «La Louisiane est maudite.»

Pourtant, avant l'ouragan et le départ de Papa, ma famille se portait bien, comme le calendrier lunaire avant l'arrivée des communistes en Chine. Mes grands-parents étaient venus de Chine s'installer à la Nouvelle-Orléans. En effet, depuis 1980, la Louisiane avait commencé à accueillir des Chinois, des Vietnamiens et des Cambodgiens pour revitaliser la pêche. Ici, les pêcheurs asiatiques pouvaient devenir riches grâce au poisson. En Chinois, le mot poisson se dit « yu 鱼 » et il est similaire à d'autres mots qui se prononcent «yu» tels que «Heureux (yu 愉)», «désir (yu 欲)» Mes grands-parents avaient fait fortune dans la soie chinoise et dans les fruits de mer. Mon père travaillait avec eux et il semblait heureux comme un poisson dans l'eau. Il était à mes yeux l'empereur Fu xi, qui enseigna jadis aux Chinois l'art de la pêche et de la fabrication des filets.

Lorsque je suis née, Papa a expliqué à ses parents et amis pourquoi il avait choisi mon prénom Louisiane. La Louisiane allait lui porter bonheur. Alors, maman reçut des serviettes de toilettes et des couvertures avec le mot «Louisiane» imprimé dessus. Avant ma naissance, les proches de la famille avaient donné des œufs à ma mère. Elle les faisait rouler sur ses seins pour m'avoir. Dans l'ancienne Chine, les femmes suivaient cette étrange coutume. Après ma naissance, on lui offrit des œufs bouillis. Je suis sortie en quelque sorte d'un œuf. Pour mon premier anniversaire, on m'a offert un œuf à la coque. Et pour le nouvel an, j'ai pris l'habitude de recevoir des œufs peints en rouge. Depuis l'ouragan, je ne cesse de penser au proverbe chinois ancien qui énonce:

«La terre subit et le paradis protège.» Le peuple de la Louisiane subit comme un innocent injustement emprisonné et s'en remet au ciel et à la protection divine. Mon jardin était mon paradis.

Le son «shan» en chinois m'a toujours amusé: il veut dire soit bonté(善), soit éventail(扇). L'éventail est symbole de bonté. Il était de coutume en Chine d'offrir un éventail avant le départ d'un voyageur. Mes grands-parents auraient dû offrir à Papa le mien, recouvert de caractères chinois.

J'aime traverser la Nouvelle-Orléans et me diriger vers le jardin de la Louisiane, parce que de génération en génération, les amoureux, les célibataires, les infortunés se sont retrouvés dans ce lieu pour s'y recueillir. La Louisiane m'appartient parce que je porte son nom.

Avant que l'ouragan ne détruisît la Nouvelle-Orléans, Papa s'y rendait avec moi. Nous faisions des pique-niques et nous échangions des cadeaux. J'aimais lui lire un des poèmes de Ai Qing 艾青 intitulé "vers le soleil", et je pouvais entendre le poète me dire: «Le soleil brille au-dessus de nos têtes, de nos villes, de nos jardins, de nos champs, de nos rivières et de nos montagnes».

Comme Ai Qing艾青, le soleil me faisait penser aux trois révolutions: la louisianaise, la française et l'américaine. Mon soleil, c'était mon Papa: il m'inspirait pour peindre et m'adonner à la calligraphie. J'aimais entonner le chant du soleil et il me semblait entendre alors la voix douce et mélodieuse de Ai Qing艾青me murmurer que Whitman, Van Gogh et Duncan eux aussi furent inspirés par le soleil. Et je lui répondais de concert: «Le soleil, c'est mon jardin de la Louisiane.» Et lui de me réciter le poème d'Alfred Mercier,

— « Soleil Couchant »:

Mais Papa n'est plus là et je ne vois que les ténèbres et les nuages noirs couvrir la terre de mon jardin dévasté.

Lorsqu'on m'a annoncé le départ de mon père, ce jour là, il faisait froid, un peu sombre, comme lors d'une éclipse lunaire. La lune semblait même me jeter quelque rayon glacial dans le dos. Cet astre est sacré pour les Chinois, qui pensent qu'elle connaît le passé de nos ancêtres et de la vie des empereurs. Combien de fois ai-je scruté la lune, avant de me blottir dans mon lit! Papa disait qu'elle veillait sur nous.

Pour m'informer du départ de mon père, maman était venue près de mon lit:

— Papa est parti loin de la Louisiane, mais il a dit à Grand-père que tu devais reconstruire le jardin, parce que l'ouragan l'a un peu endommagé.

— Où est Papa ? lui ai-je demandé.

— Il est parti très, très loin.

— Où ? A Pékin? C'est super! Nous irons y construire notre jardin, et nous appellerons le jardin secret de Pékin.

— Non, ton père n'est pas en Chine.

Les larmes de ma mère coulaient sur ses joues, et j'avais l'impression de voir des rigoles de perles de porcelaine. Maman est bien trop secrète pour engager une conversation fertile. Elle est très superstitieuse. Elle aime porter les ongles longs, parce que, dans la Chine ancienne, c'était un signe de richesse. Si par mégarde, l'un d'entre eux venait à se casser, le mauvais sort pouvait s'introduire chez nous. Donc, maman aime bien soigner ses ongles, aussi lisses qu'une statue de Bouddha. La veille de l'ouragan, celui de son petit doigt s'est cassé comme un verre et j'ai senti le malheur fondre sur nous. Maman est toujours anxieuse. Mon père, lui, était calme et doux comme un ruban de soie. Il voulait toujours que je sourisse parce que, selon une légende japonaise ancienne, le samouraï Hito-Hito enleva la jolie Mitsuko qui était mariée à Tetekooji, et même le luxe ne pouvait pas la faire rire. Maintenant, je suis comme Mitsuko, mon sourire s'est éteint, comme étouffé sous la cendre.

De ma chambre, j'aime bien regarder le port et voir les bateaux s'enfoncer dans les nuages. Quand j'avais six ans, ma mère comptait avec moi le nombre de pêcheurs, de bateaux. C'est ainsi que j'ai appris à compter, et depuis j'adore les chiffres, sauf le 4 qui se dit «si 四»en chinois. «Si 死» signifie aussi la mort. Ce caractère 死 me donne des frissons dans le dos parce que je vois un homme en train de porter sur son dos (歹 + 匕= mal, péchés+homme renversé) ses énormes péchés qu'il enterre avec lui. Comme le chiffre quatre porte malheur en Chine, nous ne sortons jamais le quatre du mois, y compris le quatre juillet, jour d'indépendance des Etats-Unis.

Maintenant, nous ne comptons plus les pêcheurs et les bateaux, parce que ma mère trouve que c'est de l'enfantillage. J'aimerais tellement qu'elle prenne le temps d'écouter le bruit des bateaux, le murmure de l'eau et sentir l'odeur marine. Elle ne m'appelle jamais Louisiane mais Louisiana. Louisiane, cela fait trop français à son goût. Pour Papa, je suis sa Louisiane. A l'école, mon professeur de mathématiques m'appelle Louisa. Mon professeur d'anglais m'appelle Liz. Il doit penser que je ressemble à Elizabeth Taylor.

Enfin, je pense que leur cerveau est aussi confus qu'un puzzle. Ils devraient prendre rendez-vous avec Papa pour apprendre à prononcer correctement mon prénom.

Je m'appelle Louisiane, parce que les livres français mentionnent mon nom. Alors, il faudrait peut-être faire appel à l'Académie Goncourt pour les aider à remettre en ordre leurs idées.

Mes parents ne lisent pas beaucoup et leurs idées sont très confucéennes : «Écoute Papa et Maman. Respecte les professeurs et les grandes personnes. Ne nous fais pas perdre la face en public.»

C'est si important dans la culture chinoise de sauver la face!

Cependant, les idées de mes parents sont pleines de livres sur la pensée chinoise, des livres qu'ils n'ont jamais ouverts.

J'écoute les professeurs, mais l'école m'ennuie et je réponds avec insolence à mon professeur d'anglais.

Il ne voit pas que ses cours sont trop faciles et me barbent. Ses choix multiples en grammaire me bloquent le cerveau, comme une boite de conserve que l'on ne pourrait ouvrir.

Je lui écris des poèmes, des histoires sur Jane Austen, Shakespeare et Henry James; ulcéré de mon outrecuidance, il me bombarde de mauvaises notes, me répétant fois après fois:

> — Ce n'est pas un essai que je vous demande de rédiger, mais de choisir la bonne réponse.

J'obéis au doigt et à l'œil quand je veux. Les idées de

Mencius et de Confucius ne font l'affaire que des élèves dociles.

Après l'école, mon programme va dans tous les sens comme les pattes d'une araignée: le lundi, football, le mardi, cours de piano, le mercredi, cours de danse, le jeudi, cours de calligraphie, le vendredi, cours de natation. Comment voulez-vous avec cela que je devienne une championne ?

Ma mère me dit que c'est important d'étudier. Les vacances, les repos, ne sont pas bons pour l'esprit.

Quand je rentre de l'école, Maman a l'habitude de demander un compte-rendu de ma journée scolaire:

    – Alors, Louisiana, tu as eu des bonnes notes ? Tu as eu combien en classe?

Je lui réponds :

    – Dix sur vingt. Cela peut augmenter avec le cours de l'Euro. Mais tu vois, mes notes sont aussi faibles que le dollar. En ce moment, notre monnaie est faible, alors tu peux imaginer l'état de mes notes!

Elle ne me demande jamais si je vais bien. Seules les notes comptent pour elle, et non ma santé. Ma mère est une ***mère tigre*** qui préconise les principes d'une éducation «à la chinoise: Elle ne m"autorise pas à jouer avec les autres enfants de la classe ou dormir chez des amis. Tout ce qu'elle exige c'est que je sois la première en classe et une surdouée en mathématiques comme beaucoup d'asiatiques!!!.

J'ai l'impression d'être tout le temps à l'école quand je suis à la maison. Elle est comme mes professeurs qui me rangent dans la catégorie: « un phénomène à surveiller ». Pendant les examens, je ne réponds jamais aux questions posées. En anglais, j'écris des critiques sur Marc Twain au lieu de lire Harry Potter. En français, je décris les problèmes qui bouillonnent dans ma tête. Je deviens alors un parfait Maupassant. Pendant les cours de musique, je chante en chinois, ce qui ne laisse point d'exaspérer mon professeur. Ma mère s'inquiète de mon imagination débordante. Elle croit vraiment que j'accomplis ma révolution culturelle à la mode chinoise et ne cesse de m'épier. Je pense que Maman s'est trompée de carrière, elle aurait dû faire partie du FBI.

Avant l'ouragan, mon père était heureux et vivait une vie normale. Vous me direz, il n'avait pas de chance, ma mère le tenait en laisse aussi, l'interrogeant sans cesse:

— Où vas-tu? Que fais-tu?

Pour échapper à cette atmosphère étouffante, il m'emmenait au jardin de la Louisiane. J'avais de la chance d'avoir un père tout à moi qui m'encourageait à parler tant le chinois de mes ancêtres que la langue cajun. Un jour, nous gravâmes deux caractères sur chacun des deux chênes: père 父 et fille 女.

Je voyais à travers ces caractères chinois, « mon père 父 » croiser ses jambes et « la fille » lui faire une révérence « 女 ». Ces deux idéogrammes me portaient bonheur et je les touchais chaque fois que j'allais voir les chênes. Je disais à mon père:

— Tu vois, Papa, ces caractères représentent le lien qui unit un père à sa fille. C'est comme Thomas Jefferson et sa fille Martha.

Comme je sais que ma mère est une parfaite illettrée, j'écris en chinois. Je lui dis qu'il s'agit de mes devoirs en cajun. Elle devrait être pourtant fière de moi puisque je parle la langue de mes ancêtres. Malheureusement, je ne suis pas bonne en mathématiques et en sciences.   Mon professeur de maths est rempli de préjugés:

— Mais voyons, Louisa, les Asiatiques que j'ai eus comme élèves avant vous étaient très forts en maths. Ce n'est pas Dieu possible que vous ne compreniez pas!

Je ne sais pas pourquoi les mathématiques me répugnent. Je pense que mon cerveau est comme une machine enregistreuse fatiguée. Il en a assez d'engloutir les formules abstraites. Ma mère est au comble du désespoir. Une linguiste n'a aucun avenir en Louisiane, surtout à Lafayette, réputée pour sa recherche médicale.

— Adieu le marquis de Lafayette, hurle-t-elle.

Elle a prié mes ancêtres, brûlé de l'encens pour que mes notes montent comme les valeurs boursières de Wall Street. Peut-être devrais-je envoyer mon curriculum vitae aux Galeries Lafayette pour lui faire plaisir. Qui sait, le magasin pourrait avoir besoin d'une Louisianaise.

Le Marquis de Lafayette a bien sauvé les royalistes.

Ma mère voudrait que je devienne une championne de natation, parce qu'elle aime que j'aille à la piscine. Quand je suis dans l'eau, je fais comme si mon doigt était un pinceau. Il devient magique et je le vois calligraphier des caractères chinois qui comprennent la racine eau 水. Cette eau est comme l'encre de Chine. J'ai l'impression de me noyer à travers ce mot. Je me sens comme Cang Jie, le fondateur de l'écriture chinoise.

Après la piscine, je vais au jardin de la Louisiane parce que, selon mon père, une vie n'est qu'une suite de rêves de jardins. Les souvenirs partagés avec Papa défilent devant mes yeux: les cris, les pas, les rires qu'on a laissés sur le sol noir et taché d'encre de Chine. Alors, pour ne pas oublier ces souvenirs heureux, j'ai écrit différents caractères chinois: le vent 风, la vallée 谷, la bouche, 口, le ciel 天. Avec Papa, je regardais souvent le ciel qui couvrait ma bouche. Le ciel arrosait mon jardin de pluie et ma bouche inondait Papa de mots doux. Ce jardin est comme une vallée, où les amants se retrouvent, à l'abri des regards et du vent. La première fois que j'ai vu des amoureux s'embrasser avec fougue, je me suis dit que leurs bouches jointes ressemblaient à une vallée. J'ai donc écrit ces trois caractères: le vent 风, la vallée 谷, la bouche, 口, le ciel 天 parce que mon père m'avait dit: «Lorsque tu écriras bien ces caractères, j'apparaîtrai comme Bouddha.»

Je l'ai attendu des heures et des heures, mais il n'est jamais apparu.

Papa disait que le manche du pinceau, c'était lui, et que la brosse lui faisait penser à mes cheveux qui caressaient à plusieurs reprises le vent, la vallée, le ciel et ma bouche.

Les jours qui suivirent, je séchai les cours et n'allai pas à l'école. Je restai dans mon jardin. Mon comportement était aussi mystérieux que le départ de Papa. Dans mon paradis épicurien, le cartable posé près des deux chênes, je ne me sentais plus enchaînée. Je regardais les fleurs qui différaient selon les saisons chinoises: l'iris au printemps, le lotus en été, le chrysanthème en automne et le prunier en hiver. J'étais le lotus des rêves et des espoirs de mon père. J'étais l'immortelle Lai Ce Han qui portait un panier empli de fleurs que je lui offrais. Je rêvais de voler dans mon jardin comme les huit immortels. Papa disait que si je faisais le rêve de planer comme un oiseau, je recevrais honneur et richesse. J'aurais aimé être immortelle pour n'avoir plus ni rêves, ni désirs.

Je vénérais le dieu du vent appelé Feng Bo et je priais qu'il me ramenât Papa dans mon jardin. Les joies et les peines sont comme le temps. Mon père me disait que plusieurs autorités nous affectaient: la joie, la douleur, la peur, l'amour, la haine et le désir. Il m'expliqua que les yeux exprimaient la colère, la langue la joie, la bouche l'intention, le nez la peine, et les oreilles la peur. Mes sentiments devaient être modérés, car s'ils devenaient extrêmes, je me transformerais alors en barbare.

Pendant deux jours, je ne pensai à rien d'autre qu'aux souvenirs partagés dans ce jardin. Je peignis le caractère amour 爱 pour que mes yeux devinssent encrés d'amour. Ah, ce caractère qui m'enivrait l'esprit! La main de mon père ou une griffe d'un animal 爫 touchait le toit (冖) qui couvrait le cœur (心) de mon compagnon (友). L'amour c'était le cœur partagé avec son compagnon. Quand je regardais les toits qui se dressaient comme les bras des arbres, je voyais ce caractère爱partout. Je cherchais désespérément le cœur de mon père à travers ce caractère 爱, mais je ne le trouvais point.

Après plusieurs jours passés à peindre dans le jardin, j'épuisai ma réserve d'encre de Chine. Généralement, dans cette situation, j'allais boire l'eau du fleuve du Mississippi et je pouvais entendre la voix de ma mère crier parce qu'elle croyait que j'allais me noyer.

Je ne pouvais plus tenir mon pinceau dont le manche me rappelait mon père retenant entre ses doigts mes longs cheveux lisses. Ma mère avait pleuré parce que le proviseur l'avait informée que j'avais fait l'école buissonnière. Elle n'avait pas compris que seul le jardin de la Louisiane pouvait me rapprocher de mon père. J'aurais voulu peupler mon paradis de caractères chinois pour me souvenir de l'alliance du français et du chinois qui l'avait égayé pendant des années.

Bientôt, je repris le chemin de l'école et je lus la littérature de la Louisiane. Mon professeur d'anglais, qui n'était pas Louisianais, ne comprenait pas pourquoi nous dormions en classe. L'air était étouffant et nous songions à l'ouragan qui avait détruit tant de vies et d'espoir. Je pleurais comme le Mississippi parce que mon père n'était pas là. J'engloutissais tout Marc Twain et les chroniques louisianaises de Tujague avec amertume. Maintenant, qui se souviendrait que notre port avait appartenu à Napoléon? Qui se rappellerait ces pêcheurs chinois qui partaient en mer pour nous en rapporter sa richesse, le poisson? Qui écouterait encore la musique Cajun qui faisait tant vibrer naguère le cœur des amoureux et des amateurs de musique? Qui lirait tous ces grands écrivains franco-louisianais dont mon père dévorait les œuvres dans le jardin de la Louisiane? La culture cajun n'était-elle pas condamnée à disparaître?

Comme d'habitude, en rentrant de l'école, j'évitais de regarder la télévision avec ma mère. Les jeux télévisés m'ennuyaient et ils ne faisaient que renforcer mon désespoir. Je préférais plutôt appuyer ma tête contre l'oreiller magique que le Taoïste Lu Weng m'avait prêté, et chercher le prétendu bonheur. Mes larmes étaient comme les deux piles supportant le tablier d'un pont; elles me permettaient de traverser les souvenirs de la Chine ancienne avec mon père.

C'est sur cet oreiller que, avant de dormir, j'entendais mon père me raconter des histoires sur la geste des empereurs de Chine. Sa douce voix me faisait entrer dans le monde de l'empereur Liu Bai, appelé le vaurien et le débauché. Je tremblais de peur quand mon père me relatait la cruauté de la première impératrice de Chine du nom de Lu. Elle était tellement jalouse et cruelle qu'elle fit emprisonner sa rivale, Dame Qi, et la rendit aveugle et muette. Mon père aimait à répéter la fameuse phrase de l'empereur Li Shi Ming: «Le peuple c'est l'eau, et l'empereur le bateau. Le bateau peut être manœuvré sur l'eau, mais l'eau peut le faire chavirer.» Mon père vénérait Li Shi Ming, parce que la société, à son époque, fut stable et l'économie prospère. Mon cœur se déchirait en entendant le récit de la méchante impératrice Wu Ze Tian. A quatorze ans, elle fut choisie comme concubine de l'empereur Tai Zong. A seize ans, elle fut mariée à l'empereur Gao Zong, le fils de Tai Zong. Quand l'empereur mourut, elle fit exécuter ses fils pour accéder au trône. Elle interdisait d'élever des chats dans le palais, parce que la concubine Xiao avait lancé avant de mourir sous la torture: «Abominable Wu, j'espère que je reviendrai dans une prochaine vie sous la forme d'un chat, et toi sous celle d'un rat.»

L'évocation de mon père, les pleurs dont je creusais mon oreiller, conduisirent mon professeur, monsieur Clark, à recommander que l'on m'envoyât chez un spécialiste. Je pensais alors naïvement qu'un spécialiste était soit un nouvel ami, soit un futur mari que j'épouserais plus tard. Monsieur Clark me montra une photo et me dit:

— Tu vois cet homme, c'est le Docteur Freud, tu vas le rencontrer bientôt. C'est un grand spécialiste des surdoués.

Mon professeur, sachant que, dans la culture asiatique, nous n'aimions pas consulter un psychothérapeute, avait cru bon d'insister sur l'aspect qui pouvait m'impressionner favorablement.

J'étais ravie, j'allais rencontrer un spécialiste célèbre. Je m'imaginais à suivre être interviewée dans les magazines connus tels que Voici ou Télé Star. Grande fut ma déception, quand je constatais que l'homme en question n'était pas le docteur Freud, mais un jeune homme blond aux yeux bleus.

Je trouvai étrange d'entrer dans un bureau et d'être invitée à m'allonger sur un canapé. J'ai eu très peur ce jour-là. La presse anglo-saxonne parlait tellement d'adultes pervers abusant de jeunes enfants et adolescents, de harcèlement sexuel par des professeurs, prêtres ou docteurs, que j'étais totalement terrorisée à l'idée de devenir sa prochaine victime.

Le pseudo docteur Freud m'a donné une feuille de papier et un crayon et m'a demandé de décrire mon tiroir, c'est à dire mon cerveau rempli d'idées étranges. Je lui ai donc dessiné mon jardin de la Louisiane et la rivière du Mississippi. Pour lui, c'était du chinois. Il avait bien raison sur ce point, car c'était la langue de mes ancêtres et je la parlais. Pour m'aider à lui expliquer, je l'ai prié de me faire préparer du thé. La secrétaire est arrivée avec une tasse de thé brûlant et fumant, et j'eus l'impression de voir un ouragan apparaître. J'ai enfoncé mon nez dans la vapeur et j'ai commencé à expliquer au docteur ignorant ce que je voyais. En même temps que je parlais, je dessinais les différents caractères chinois: qu 去 (aller), ni 你 (tu), et cha 茶 (thé).

Au fur et à mesure que je parlais et écrivais, il notait sur une feuille de papier toutes mes pensées délirantes.

Je repense à la voix de mon père qui me disait : «chut! Ne fais pas de bruit.» Je dessinai alors «去 qu» comme si j'allais dans son bureau tout en faisant du bruit. Pour moi, «qu» est semblable au son «chut». Ce caractère me fait penser à une croix posée au-dessus de mon nez. (去). Le caractère 你 «ni» (tu) représente le nid d'amour qui nous unissait, mon père et moi. En effet, Papa adorait regarder les nids d'oiseaux qui se trouvaient sur les arbres de notre jardin. J'aime dessiner ce caractère parce que le radical homme 亻 représente mon père qui se penche pour me dire: «ma petite (小 = petit, petite), viens voir mes nids d'oiseaux dans le jardin ».

A travers le caractère 茶 «cha», qui signifie « thé » en chinois, j'aperçois le chat que mon père aimait embrasser et caresser, et avec lequel il aimait jouer. Depuis que Papa est parti, le chat ne boit plus de lait mais du thé de Chine.

Après mon entretien avec le spécialiste des surdoués, ma mère a jeté tous les sachets de thé chinois à la poubelle et elle m'a affirmé:

> – Le thé peut générer des délires. Si cela continue, il faudra te donner des médicaments contre les hallucinations! Comment peux-tu voir la tête de ton père dans des caractères chinois?

Je devins, à la suite de mon examen psychiatrique, un cas encore plus dangereux pour mes professeurs qui n'étaient pas loin de me prendre pour une folle à lier. Et moi, pendant ce temps, je rêvais tout éveillée au Mississippi, mon encre de Chine inépuisable. Au moins celle-là, on ne pourrait pas me l'enlever.

En classe, on nous demanda de remplir une fiche individuelle pour nous aider à choisir notre futur métier. C'était pendant le cours d'anglais, alors j'ai écrit: « professeur d'anglais». Mon professeur d'anglais, horrifié, me pria d'aller de suite consulter la conseillère d'orientation. Le pauvre homme avait dû penser que la langue de Shakespeare s'évaporerait comme une goutte d'eau avec mon arrivée dans l'enseignement.

J'ai donc reformulé mon souhait. Je serais « professeur de français ».

Je n'ai pas compris non plus pourquoi le professeur de français m'envoya voir à nouveau la conseillère d'orientation. Elle avait sûrement peur que la langue française n'en vînt à cause de moi, à couler comme le Titanic corps et biens, et que les livres de François Tujague et d'Alfred Mercier ne disparussent de la circulation. Elle ne comprenait pas ce que j'écrivais, parce que j'utilisais la langue cajun. Elle m'avoua que, pour elle, c'était du chinois. Je lui rétorquais de manière effrontée:

    − C'est normal puisque je parle la langue de mes ancêtres.

Fortement invitée à reformuler un meilleur souhait, j'écrivis sur la feuille: « professeur de Chinois ». Mes professeurs sont restés silencieux comme une île isolée sur une mer d'encre. Je suppose qu'ils ont dû penser qu'au moins, je pourrais voir mes élèves à travers les idéogrammes.

Le même jour, j'avais un autre rendez-vous chez le spécialiste. À peine étais-je sur le divan que le Freud au petit pied m'a posé une question sur le sexe:

    − Avez-vous déjà eu des relations sexuelles ?

    − Euh, non, mais la pluie et le nuage s'entremêlent.

Mon langage semblait délirant à ses yeux.

    − Que voulez-vous dire?

    − Mais oui, la pluie, c'est la femme et le nuage, c'est l'homme.

J'ai vu son visage s'assombrir comme un vilain nuage noir.

— Je ne suis pas l'impératrice Wu Ze Tian !

— Je vous demande pardon ?

— Elle croquait les hommes pour assouvir sa faim de pouvoir. Elle a commencé jeune, à quatorze ans. Moi, j'en ai quinze. Je suis trop jeune pour penser à ces choses-là. Papa m'a dit que lorsque je rencontrerais le nuage, une pluie de joie se répandrait sur moi. Alors, j'ai tout le temps. Et puis, je ne m'ennuie pas avec mes cinq mille caractères à la maison. Ils sont comme de petits amis. Certains sont gentils, parce qu'ils sont faciles à écrire; d'autres sont plus difficiles à supporter. Et vous savez, ils peuvent se montrer très jaloux, si je les confonds. Mon père disait que les cinq mille caractères chinois étaient comme les hommes et les femmes, qu'il fallait vraiment prendre soin d'eux.

Le spécialiste, apparemment rassuré, me sourit:

— Sais-tu où est ton père ?

— Non, mais je le cherche. Il est parti loin de la Louisiane. L'ouragan est passé deux fois chez moi. Il est sûrement à Chicago et je l'imagine en train de manger un canard laqué dans Chinatown.

— Et pourquoi donc serait-il à Chicago justement?

— Parce que maman m'a dit qu'il était dans un endroit près de l'eau. J'en ai déduit que ce devait être forcément Chicago.

— Je ne comprends pas, il y a beaucoup d'autres villes qui se trouvent près d'un lac ou d'une rivière.

— Oui, mais dans « Chicago », on a le verbe «go», aller en anglais, donc c'est chic d'y aller.

Le spécialiste a soudain actionné le piston de son stylo et

se mit à coucher à toute vitesse sur son papier vierge mes délires vertigineux. Il écrivait plus rapidement qu'un torrent qui se jette dans le Mississippi. Il semblait passionné et inspiré. J'aurais bien aimé avoir un admirateur comme lui à la maison. J'ai trouvé que cet homme serait un parfait mari pour une femme. Il écoutait, prenait des notes et discutait. Avec des hommes comme lui sur le marché des célibataires, le taux de divorce aux États-Unis dégringolerait aussi vite que les valeurs immobilières du pays.

Apparemment, je finis par plaire à ce psychothérapeute. Il travaillait dans un hôpital et se vantait d'avoir soigné des psychopathes. J'étais à bonne enseigne!

Ma mère, à la maison, se lamentait chaque jour davantage de voir le marquis de Lafayette s'éloigner de notre vie. C'était sa façon à elle de signifier que je n'avais aucun espoir de conquérir la ville de Lafayette, car mon péché majeur, celui de n'être pas scientifique, me fermait la porte de la recherche médicale. Le cadeau qu'elle m'avait offert me rappelait d'autant plus mon échec annoncé: un oreiller qui représentait le profil du marquis de Lafayette. Maman aurait tant voulu qu'il revînt sur terre me sauver. Mais l'oreiller du Marquis ne pouvait lutter contre le pouvoir magique de l'oreiller du Taoïste Lu Weng.

Depuis le départ de Papa, j'avais pris l'habitude d'ouvrir la boîte aux lettres, avant de partir en cours, et de vérifier le courrier. Mes yeux s'étaient entraînés à reconnaître l'écriture de Papa et un timbre portant le sceau postal de la ville de Chicago.

En classe, je n'avais pas le droit de modifier l'énoncé des examens. Cependant, à la fin des contrôles sur table, j'annotais volontiers ce genre de commentaire aux professeurs en marge: « Voulez-vous que je vous aide à composer un meilleur énoncé? »

J'écrivais mon prénom «Louisiane» au lieu de Louisiana, et les professeurs chaque fois le rectifiaient. Alors, je m'habituais à signer en chinois «le Taoïste Lu weng». Autant dire que mes résultats à l'école étaient catastrophiques. Mes notes reflétaient la situation économique du pays: hausse du chômage, crise immobilière, hausse de la violence, hausse des divorces, de la pauvreté et de la criminalité.

Quand j'eus finis d'expliquer la raison de mes piteux résultats scolaires à mon professeur de maths, il me répondit:

> — Il faudrait, mademoiselle, que vos notes reflètent la hausse du prix de l'essence et non la chute des valeurs boursières.

J'étais en situation de total échec scolaire, et le proviseur, Monsieur Smith, un ancien directeur sportif, pria ma mère de venir le voir.

J'aimais bien Monsieur Smith. Ce vieux garçon avait dû déménager de Dayton à la Nouvelle-Orléans, ayant finalement trouvé l'âme sœur en Louisiane. Il s'était peu à peu adapté à notre accent du sud, et il s'était rendu compte que la langue française était une langue importante. Pour peu, Monsieur Smith se serait senti plus Louisianais que nous. Il adorait sillonner l'Etat de la Louisiane de long en large et photographier les paysages et les monuments français. Il avait même pris des cours à l'alliance française! Nous étions très heureux d'avoir un écrivain, fou de sport, comme Directeur d'école. Nous n'étions pas peu fiers d'avoir contribué à éduquer cet homme venu de l'Ohio, qui nous avait même vendu ses livres pour trente dollars pièce.

Quand j'ai dit à maman que nous allions rencontrer une personne qui était tout à la fois un entraîneur, un directeur sportif et un proviseur, elle se sentit aussi perdue que les rescapés de l'ouragan Katrina. Mais quelle déception! Il ne parla ni de son club de football américain, ni des livres sur le sport qu'il avait publiés, ni de son mariage avec une Louisianaise. Loin de mentionner tous ses exploits à Maman, il se contenta de rapporter les commentaires de mes professeurs :

— Voici ce que m'a transmis le professeur de Sciences : 'D'où viennent les nuages et la pluie? Pour Louisiane, c'est une union sexuelle, parce que dans la Chine ancienne, il paraît que l'on pensait que le nuage s'accouplait avec la pluie. Elle parle aussi de la montagne magique et de l'empereur jaune.'

Monsieur Smith ne cachait pas son inquiétude à ma mère. Moi, j'étais contente, parce que les cours de français lui avaient permis de prononcer correctement mon prénom.

Et Monsieur Smith de continuer sa lecture du compte-rendu de son collègue :

— Quand on demande à Louisiane de calculer la force du vent, elle répond: « Seul l'empereur du vent Feng Bo le sait ».

Un vent de folie paraissait s'être introduit dans le bureau du proviseur qui continuait de lire mon délire chinois à ma pauvre Maman qui ne comprenait rien du tout et ne savait plus où se mettre:

— 'Louisiane nous enseigne que la lune est associée à la femme, le yin, et le soleil à l'homme, le yang. A l'origine, il existait dix soleils et pas moins de douze lunes: la maman des soleils s'appelait Yang, celle des lunes Yin; elles se fréquentaient très peu. Jusqu'au jour où le dixième Soleil tomba amoureux de la Douzième Lune. Et Louisiane parle aussi de l'archer Yi qui tua les neuf petits soleils qui voulaient brûler la terre.'

Le pauvre proviseur avait tellement peur de l'effet de ses propos, qu'il ferma le rideau pour éviter que les dix petits soleils ne lui tombassent sur la tête.

L'obscurité se répandit dans la pièce. Il s'enfonça de nouveau dans son fauteuil et prit un autre compte-rendu sur son bureau qu'il lut à haute voix:

— Voyons ce que nous dit le professeur de Mathématiques à propos de votre fille : 'Louisiane pense que la terre est carrée et le paradis rond et elle mentionne les anciens textes chinois. Le paradis, pour elle, est un cercle et le monde ressemble à un chariot, c'est à dire un rectangle. La surface de la terre est connectée à celle du paradis, le cercle. La terre et le paradis sont arrangés en «trigrammes», et les trigrammes en octogone. Quand elle parle des chiffres, Louisiane arrange d'abord les chiffres yin (féminin) puis les chiffres yang (masculin).'

— Mais voyons, Madame, s'emporta le Proviseur, votre fille ne peut pas «diviser» le sexe féminin et masculin dans un cours de mathématiques!

Agacé et soudain pressé d'en finir, il reprit d'un ton plus rapide:

— En histoire, Louisiane mentionne son souhait de travailler aux galeries Lafayette. En français, Louisiane nous parle de l'orphelin de la Chine de

Voltaire. Elle se sent comme une orpheline depuis l'ouragan.

Monsieur Smith semblait avoir jeté l'éponge en ce qui me concernait, et il conseilla à ma mère de me faire voir par mon spécialiste au moins trois fois par semaine. Il ajouta qu'il me faudrait absolument obtenir la moyenne requise pour ne pas redoubler. En nous reconduisant à la porte, il m'offrit un livre sur Galilée, comme pour conjurer les dieux chinois.

Un an s'était écoulé, et je n'avais toujours pas de nouvelles de Papa. La Nouvelle-Orléans se reconstruisait très lentement, et je comptais les douze lunes qui montaient et descendaient dans le ciel étoilé. Je savais maintenant que pour franchir le lac Michigan, il me faudrait acheter des «miles». Pour ce faire, j'ai décidé de vendre mes caractères chinois dans mon jardin de la Louisiane. J'économisai peu à peu de l'argent et j'obtins les cinq cents dollars pour un aller simple. Je devais devenir le célèbre calligraphe chinois Wang Xi Zhi qui faisait voler son pinceau comme une aile. La sagesse de mes traits reflétait la pensée chinoise ancienne.

A l'école, j'ai choisi les chiffres pairs, c'est à dire les chiffres féminins (yin) pour atteindre la moyenne. Je ramasse les centimes perdus dans les pelouses et sur les trottoirs.

Trois cent soixante-cinq jours après le départ de mon père, un indice est arrivé. Le huit Mai (chiffre yin, féminin), j'ai reçu un catalogue de mode de Chinatown à Chicago.

Je savais que mon père était dans une maison chinoise. Le marquis de Lafayette pouvait attendre, il me fallait hâter mon départ pour Chicago. Alors, j'ai vendu cinq cents caractères peints à tous mes clients rassemblés dans le jardin de la Louisiane.   Mais, à force de calligraphier, mon encre de Chine s'était mise en grève.   Mes clients se sont affolés et je leur ai expliqué que mon encre du Mississippi était en rupture de stock et que je devais vider le lac Michigan.   Ils n'ont rien compris à mon délire chinois et je leur ai juste dit: «Rendez-vous dans le jardin de la Louisiane avec mon père.   Je dois aller le chercher.»

À la descente de la navette qui m'avait conduite à l'aéroport, j'ai couru à en perdre le souffle, comme une athlète de marathon, et je suis entrée dans l'immense salle d'accueil.   Au guichet, l'hôtesse d'accueil m'a demandé:

   — Que désirez-vous, Mademoiselle?

   — Un aller sur le prochain vol pour Chicago.

Pour être tant désagréable, cette femme devait s'ennuyer ferme derrière son comptoir.   Je lui ai versé cinq cent dollars en liquide et elle m'a remis mon billet en échange. Elle comptait mes billets de banque, les palpant longuement comme si je lui avais refilé de la fausse monnaie.   Enfin rassurée sur la valeur de mon argent, elle referma sa caisse, de peur peut-être que je ne tentasse de lui en voler le contenu.

Mon départ pour Chicago m'obligea à mentir à ma mère qui m'attendait tous les jours à seize heures après la fin des cours.   Elle adorait regarder l'autobus jaune de l'école, parce que cela lui rappelait l'empereur jaune de Chine.

Cette fois, je lui avais dit que j'avais une réunion avec mon professeur de Mathématiques pour définir comment améliorer mes résultats.   J'avais vu les yeux de ma mère s'éclaircir d'une joie intense, et dans ses pupilles dilatées, je recouvrai, l'espace d'un instant, mon encre de Chine.

Je savais que maman me pardonnerait ce petit mensonge, parce que, à tout prendre, je racontais moins de balivernes que la presse écrite. Pour la réconforter, je lui rappellerais la fameuse phrase de Lao She: «celui qui est doué pour le mensonge est le plus heureux des hommes, car savoir mentir, c'est posséder sagesse.» Et puis, comment, sans l'aide du mensonge, mon père et ma mère auraient-ils pu se supporter pendant de si longues années? Sans mensonge, il n'y a pas de civilisation, ni de vie conjugale!

Je suis donc partie, vêtue d'un costume vert jade, en embrassant maman qui a gobé sans broncher mes dires.

Dans l'avion, j'appris par cœur le plan des rues de Chicago. Quand nous avons survolé le Mississippi, mon cœur s'est serré en pensant à mon encre de Chine, puis, plus tard, le lac Michigan s'est imposé à ma vue.

Arrivée à Chicago, j'ai demandé à un policier de l'aéroport s'il connaissait Chinatown. Je ne sais pas pourquoi, mais il m'a envoyée dans une salle à part avec les passagers suspects, et il m'a fallu trois longues heures pour atteindre enfin la sortie. J'ai pris le métro et je suis descendue à la station qui menait à Chinatown. Puis j'ai remonté un grand boulevard et, là, je me suis trouvée devant l'entrée de Chinatown. C'était magique, je me croyais revenue en Chine.

J'avais pris la photo de mon père et, chaque fois que je croisais un passant, je la lui montrais et posais la même question:

— Connaissez-vous cet homme? L'avez-vous vu récemment?

À chaque fois, on me répondait que non.

J'étais fatiguée, déboussolée, et je n'avais plus d'argent sur moi. La nuit était tombée, tout était noir, et plus j'avançais, plus les entrées des rues s'apparentaient à des trous de grotte insondables. J'avais visité tous les magasins les uns après les autres: les vendeurs de Bouddha, de Feng Shui, de jade, de peintures et même les enseignes de cartomanciens.

Rien. Mon père, à l'évidence, n'était pas là. Comment ce faisait-il? Je pensai alors au catalogue de mode. Ce devait être un indice. Ne mentionnait-il pas l'adresse d'une boutique à Chinatown: « 5, Rue Li Bai » ?

Ragaillardie par ma trouvaille, je décidai donc de me rendre au numéro cinq de cette rue.

Le vendeur de la boutique de mode avait les joues rondes comme la pleine lune; son nez coulait. Il ouvrit la porte et m'invita à entrer d'un geste de la main. J'hésitai. Devais-je entrer, feindre d'acheter un vêtement, ou lui montrer la photo de mon père?

Je me sentais comme Blanche-Neige devant cet employé de la taille d'un nain.

Je faillis partir en courant, lorsqu'il me dit :

— Voudriez-vous acheter une robe chinoise ?

J'étais incapable de bouger. Je cherchai mes mots. Enfin, je m'entendis sortir une phrase absurde:

— La robe, 'Made in China' ou 'made in Chinatown'?

Un sourire de fierté illumina son visage, et il se courba devant moi avec déférence:

— Made in Chinatown.

Je ne pouvais détacher mes yeux de ces robes chinoises.

J'avais l'impression de parcourir le marché de la soie à Pékin. Je n'aurais jamais pu m'offrir un tel luxe. Les parures bigarrées étaient aussi onéreuses que l'accès à la Cité Interdite. Devant la porte de la boutique se dressait une statue d'ivoire du bouddha, ornementée d'une fontaine miniature, où nageaient deux canards pékinois, symboles d'amour et de fidélité. A l'intérieur, les robes fleuries et colorées manifestaient la joie et la somptueuse beauté de l'art chinois. Le prix de chaque robe était attaché à un fil rouge. On avait choisi la couleur rouge, parce qu'elle était symbole de bonheur en Chine.

Je suis donc entrée et j'ai fait sonner les clochettes de Bouddha suspendues au-dessus de la porte. Une toute petite femme en habits de soie, de la taille d'un ver, accourut et s'empressa de me montrer les collections. Alors, sans bien comprendre les raisons de mon geste, je sortis la photo de mon père et je lui demandai :

— Auriez-vous vu, par hasard, cet homme habillé à la mode chinoise ?

Elle parut surprise, son visage changea subitement de couleur; un long silence pesant s'installa dans le magasin. Les larmes se mirent à couler sur ses joues. Elle se tenait droite comme un bambou, les sourcils froncés en forme de lune, les lèvres tremblantes comme la vallée d'un désir, ses longs cheveux lisses tombant sur les épaules.

Interdite, j'esquissai un mouvement de recul devant la majesté qui émanait de cette femme bouleversée aux allures d'impératrice. Soudain, elle me prit la main et la serra fortement entre les siennes:

— Je l'ai bien connu. Avant son mariage, il travaillait ici pour payer ses études. J'ai appris, un jour funeste, que l'ouragan qui avait balayé la Nouvelle-

Orléans l'avait emporté avec son bateau. Alors, je lui ai envoyé le dernier catalogue de mode, pour qu'on le posât dans le jardin qu'il aimait tant, « le jardin de la Louisiane », comme il l'appelait. Je me souviens des propos qu'il m'avait tenus, car ils m'avaient beaucoup touchée à l'époque: « Un jour, si je meurs, envoie ce catalogue chez moi, comme souvenir de l'amour que nous avons vécu dans cette boutique de soie. Un membre de ma famille ira le poser dans le jardin de la Louisiane, aux pieds des deux chênes.»

«Merci pas couté arien.»

«Merci ne coûte rien.»

Quatrième Vie

Eiling Chang (Zhang Ai Ling) m'a inspirée pour écrire la quatrième vie.

L'homme a besoin de deux roses : la rose rouge et la rose blanche !

De Mon Jardin De Pékin À Mon Jardin De La Louisiane

Un vent courroucé souffle dans le jardin de la Louisiane. Un chapelet de nuages, comme suspendu dans le ciel, fait de l'ombre aux deux chênes. A cinq kilomètres de là, un soleil brûlant darde de ses rayons les rues animées du quartier français. Les pas besogneux résonnent dans les ruelles étroites au tracé rectiligne. Les touristes contemplent avec émerveillement les balcons en fer forgé, les petites cours privées agrémentées de fontaines, les jardins et les patios. Ils affluent vers le musée de la Seconde Guerre Mondiale pour y découvrir les bateaux construits pour le débarquement de Normandie. Ils 'laissent le bon temps rouler', libérés par les notes joyeuses de la musique partout dans les rues.

Ici, en Louisiane, on ne doit pas les jardins aux Babyloniens mais aux esprits voltairiens qui mêlèrent différentes cultures: cajuns, acadiennes, belges, créoles, françaises, britanniques, africaines, et antillaises.

L'on déplore dans le jardin de la Louisiane regrets et injustices et l'on y cultive aussi une passion farouche pour la survie des langues française et cajun. Lorsqu'on se sent déraciné, l'on peut aussi y retrouver ses racines perdues.

Les années passent et coulent comme le fleuve du Mississippi, et j'affronte aux côtés du peuple louisianais les intempéries et maux de toutes sortes: les ouragans Katrina et Gustave, la crise économique, la pauvreté, le chômage, la violence.

De la fenêtre de mon appartement, je regarde la brise balayer les fleurs, les saules pleureurs et l'allée des grands chênes verts. Les pétales blancs des roses en forme de cuillère se répandent sur tout le sol d'un noir d'encre de Chine. Enfermée dans mes pensées, j'ouvre la porte et le vent me jette un fil. Je le ramasse et je noue mes cheveux longs noirs avec. Je laisse le vent caresser mon visage rond en forme de lune. Mes yeux en amande révèlent mon origine chinoise. La force du vent entrouvre la porte d'un autre jardin secret: mon jardin de Pékin, construit durant ma vie à Pékin de 1968 à 1990.

La remontée tortueuse du temps me ramène en 1968 et au jour de ma naissance. Quelles ne furent pas la déception, les cris et les plaintes de mon grand-père paternel en découvrant, à la sortie du bébé, que j'étais une fille !

C'était un torrent de larmes que les infirmières devaient éponger sur le sol. Ma mère, à la réaction de mon grand-père, disserta avec ma grand-mère paternelle du nom à me donner. Elles s'accordèrent sur Iris.

– Et pourquoi Iris? demanda mon grand-père paternel.

– C'est clair, dit ma mère, puisque tu es déçu du sexe du bébé. Or, une légende chinoise veut que l'iris soit la métamorphose d'une princesse qui combattit contre les envahisseurs et mourut sur le champ de bataille.

Mon grand-père paternel osa ajouter:

– Quel est le sexe de la fleur d'iris?

Pour calmer ses craintes, ma grand-mère paternelle lui répondit:

– L'iris a deux sexes.

Depuis ce jour, Grand-Mère s'était mise à cultiver dans son jardin des fleurs d'iris et les soignait toujours avec amour et patience. Elle avait appelé son jardin le jardin de Pékin. J'étais l'iris du jardin de ma grand-mère.

Elle disait que mon visage évoquait la beauté des fleurs: mon petit nez bien taillé comme une sculpture, mes yeux pleins de grâce et d'élégance comme les rayons du soleil. À l'en croire, mes longs cheveux noirs étaient aussi doux que les pétales d'iris.

Alors que 1968 eût pu être une année heureuse pour mes parents, deux forces antinomiques, le yin et le yang, s'affrontèrent: le monde de la tolérance dans le jardin de la Louisiane et le monde de la folie dans le jardin de Pékin. À la violence froide de la Révolution Culturelle en Chine, s'opposait le réchauffement en Louisiane avec la fin de l'interdiction de la langue française et la création par James Domengeaux du CODOFIL (Conseil pour le développement du français en Louisiane). Dans le jardin de Pékin, les esprits se fermaient, déshydratés comme des fleurs fanées. Dans le jardin de la Louisiane, les esprits s'ouvraient et s'épanouissaient.

Mes parents, à cette époque, m'avaient cachée derrière un rocher dans le jardin de Pékin. Mes grands-parents avaient été dénoncés par les voisins et allaient mourir en prison. Ils étaient traîtres au pays. Mes parents, de jeunes lettrés, furent forcés d'effectuer plusieurs séjours dans les camps de rééducation; ils avaient demandé à mon oncle, ouvrier et grand admirateur du président Mao Ze Dong, de s'occuper de moi. Il m'avait fait sortir de derrière mon rocher, et je me souviens du regard saillant de ses yeux qui éclairait le sol noir.

A six ans, mon oncle m'envoya dans une école communiste où j'étudiai le Petit Livre Rouge et les poèmes de Mao Ze Dong. Je connaissais par cœur tous les poèmes du Grand Timonier. Un de ceux que mon oncle aimait à m'entendre réciter était «La Grande Marche». Ma voix s'échauffait en lisant à haute voix le poème:

L'Armée rouge a tout vu dans ses longues

campagnes.

C'est peu que tous ces flots, que toutes ces

montagnes.

Les Cinq Chaînes, pour nous, rides de fine houle.

Wumeng le mont colossal à dévaler en boule.

Le Sable d'or chauffant ses roches flagellées.

Dadu tendu d'un pont tout en chaînes gelées.

Et Minchan dont la neige immense nous attire:

Quand l'Armée a passé, se répand le sourire.

Mon professeur lisait à haute voix le poème de Mao, «les chaînes Kun Lun»:

Mais, maintenant, je te dis, ô Kunlun,

Ne sois pas si haut, ne soit pas si neigeux.

Que ne puis-je, adossé au ciel, tirer mon épée,

Pour te couper en trois tronçons!

J'en donnerais un à l'Europe,

Un à l'Amérique,

Et j'en garderais un pour la Chine!

Monde en paix,

La terre entière aurait même part de chaleur et de

froid.

Mon professeur disait que Mao Ze Dong était un homme

de partage puisqu'il qu'il voulait diviser les chaînes Kun Lun entre l'Europe, l'Amérique et la Chine. Il nous assurait aussi que le président voulait un monde de paix. C'était pour cette raison que les lettrés étaient condamnés à des travaux forcés avec les paysans dans les campagnes et apprenaient ce faisant la notion de partage. Depuis ce jour, mon oncle considéra Mao Ze Dong comme le dieu des Chaînes Kun Lun.

A 12 ans, je découvris sous le rocher de mon jardin de Pékin des poèmes de Tang, de Candide de Voltaire. Quand les Gardes Rouges venaient me voir, je cachais vite mes livres dans une poche secrète. Je leur souriais et leur montrais le Petit Livre Rouge et les poèmes de Mao Ze Dong. Ravis, ils partaient en se disant: «voilà une nouvelle poétesse comme notre Timonier.»

Dans mon jardin de Pékin, je lisais en cachette la nuit et si quelqu'un me surprenait, je récitais haut et fort un passage de Mao Ze Dong, «la nage» :

Je viens juste de boire les eaux de Chan Sha et je

vais manger le poisson de Wu Chang

Ainsi donc, même si le poisson manquait dans toute la Chine, «la nage» assouvissait ma faim.

Après tout, les poèmes de Mao et le Petit Livre Rouge n'étaient-ils pas contradictoires ? Notre président écrivait ses poèmes dans la langue de … Confucius!

Je n'avais jamais connu mon père. Le peu que je savais de lui me réchauffait le cœur. C'était un grand admirateur de la langue française et il avait étudié en France dans l'école franco-chinoise fondée par Cai Yuan

Pei, Ministre de l'Éducation du Kuo Ming Tang (Parti Nationaliste Chinois). Hélas, même s'il aimait le grand poète Ai Qing qui faisait l'éloge du peuple français, il fut considéré comme un ennemi du peuple. Je ne l'ai jamais vu avec ma mère.

Les années défilent sous mes yeux, et les eaux boueuses du Mississippi m'emportent vers une autre année: 1976. Cette année-là, une tragédie nationale bouleversa les chaînes Kun Lun et une pluie de pleurs se déversa dans la cour de mon école. Moi, je ne savais pas pourquoi je devais pleurer. Une musique funèbre lugubre résonna dans l'école pendant des heures et des heures ; les oiseaux, émus, semblaient lancer des cris de désespoir. Le haut-parleur hurla de tristesse en annonçant la mort du Grand Timonier, poète et dieu des chaînes Kun Lun: Mao Ze Dong.

Les larmes jaillirent des yeux de mes professeurs et de mes camarades; monsieur Li, sous le choc, s'évanouit. Comme je ne comprenais rien, je demandai à un de mes camarades:

— Le proviseur est-il de la famille du grand poète et Grand Timonier?

Mon camarade, surpris de mon insensibilité, me rétorqua:

— Pleure ! Le Président Mao Ze Dong est mort. Monsieur Li a beaucoup de chagrin.

— Ce n'est pas vrai, le maître du mont Kun Lun est mort ? Mais ce n'est pas possible, une montagne est immortelle et le corps de Mao était comme un rocher solide et indestructible. Ce n'est pas possible !

— Oui, pleure ! le mont Kun Lun s'est effondré et a tué plein de gens. Alors pleure !

En regardant les feuilles des arbres tomber sur le sol, je

me mis à pleurer plus fort que mes camarades. Le vent avait arraché ces pauvres feuilles. Même si le grand poète était mort, je continuais à réciter les chants révolutionnaires devant le drapeau rouge.

Un jour, pendant que j'entonnais les poèmes de Mao, un pigeon voyageur déchargea sa fiente gluante et puante sur la tête d'un de mes camarades. Le proviseur, alerté par les cris, décréta que le pigeon voyageur était un espion venu de l'Occident et que l'oiseau complotait contre l'école. Mes camarades prirent alors des pierres et les lancèrent à la tête du pauvre pigeon. Le malheureux oiseau, baignant dans son sang, fut massacré par le proviseur et les élèves. Je les entends encore crier:

> — Conspirateur ! traître! Meurs, sale espion de l'Occident !

Le camarade, dont les cheveux, à la suite de la décharge du pigeon, répandaient une odeur nauséabonde, était le plus mauvais élève de l'école. Il s'appelait Sheng Cai, ce qui signifie « naître pour être talentueux ».

La fiente de pigeon m'avait porté bonheur, car elle m'avait permis de faire sa connaissance. La nature, tel un sculpteur, avait taillé son visage aux traits délicats, au nez long et aux lèvres fines. Son corps était comme un rocher. La peau de ses jambes était comme un large tissu en soie. J'appris que les parents de Cai étaient rentrés de leur séjour forcé à la campagne en 1976. Cai m'avait dit que ses parents, depuis des années, disparaissaient pendant des mois en le laissant chez son arrière-grand-tante maternelle. Ses parents devaient creuser la terre, exécuter toutes sortes de travaux. Son arrière grand-tante prenait soin de lui et disait:

> — Tes parents sont en cure ; ils ont besoin de l'air frais comme les ânes qui portent de lourds fardeaux.

C'était une vieille femme et ses touffes de cheveux gris la faisaient ressembler à une montagne couverte de neige. Ses pieds bandés et son illettrisme évoquaient l'ancienne Chine. Cai, lui, avait appris à lire et à écrire à l'âge de six ans. Malheureusement, il ne s'intéressait pas aux cours et encore moins au Petit Livre Rouge. Il feignait de réciter par cœur tous les chants révolutionnaires. Je réalisai que Cai était différent des autres camarades: il était bien un garçon né pour être talentueux.

Soudain, ma mémoire se brouille, tout devient flou; le Mississipi qui coule, impassible, m'entraîne dans une autre période: 1985, mes années de Lycée. Cai, en classe, était assis à côté de moi. Les professeurs d'Histoire et de Mathématiques m'avaient demandé de l'aider à faire ses devoirs. Ses résultats reflétaient on ne pouvait mieux l'échec de la politique du Grand Bon en Avant de Mao Ze Dong avec son cortège hideux de terrible famine, d'hyperinflation et de tempête de Lu shan. Les yeux de Cai, en forme de météores, étaient différents de ceux des autres camarades parce qu'ils caressaient les miens. J'aimais quand il posait son regard sur ma figure lunaire. J'avais l'impression alors que mon visage s'allumait comme la lampe de ma maison. Ses yeux parcouraient ma bouche en forme de vallée, et pour la première fois de ma vie, j'avais envie du sexe de la Cité Interdite: le mâle. Les règles à l'école étaient très strictes: les garçons et les filles ne devaient pas échanger de baisers, de caresses, ni se frôler ou se tenir la main. Un baiser sous-entendait que l'on avait des relations sexuelles.

Le professeur de Chimie, madame Sheng, nous avait enseigné le danger du baiser. Elle avait écrit au tableau une formule qui eût pu lui valoir le prix Nobel de Chimie:

Salive masculine +

salive féminine =

risque d'électrocution

Elle avait dit aux filles de la classe:

— J'ai mis au point cette formule pour que vous compreniez bien les risques encourus à vous embrasser. Je pense que ma découverte sera appréciée par tous les physiciens, mathématiciens et autres chimistes dans le monde.

Elle reprit le cours de son explication:

— La salive mâle est dangereuse, elle est comme l'ion négatif. Elle peut coloniser la salive féminine qui est comme l'ion positif. Lorsque la salive mâle négative entre en contact avec la salive femelle positive, on risque de s'électrocuter et de se faire expulser de l'école. Donc,

Salive féminine positive +

salive masculine négative =

zone interdite.

Je demeurais ébahie devant cette formule miraculeuse. Il me fallut de longues minutes pour l'absorber. Cependant, quelque chose m'échappait. Madame Sheng postillonnait beaucoup et sa salive féminine franchissait la zone interdite des salives masculines de mes camarades mâles. Je me souvenais qu'elle disait aux garçons:

— Notre cher Mao disait: «une femme est la moitié du ciel, donc c'est pareil pour un baiser, impossible à atteindre, risque de renvoi».

Je n'en revenais pas. Mon professeur de Chimie était aussi poétique que le président Mao Ze Dong. Elle avait même écrit un poème: «Le baiser est comme la femme, la moitié du ciel».

La classe était aussi polluée par sa mauvaise haleine qui était comme une bactérie qu'il nous fallait éviter. Quand j'entrais dans la classe de Chimie, je devais affronter une armée de salives. Je risquais à tout moment de mourir électrocutée.

Pendant les cours de Chimie, je notais que mon professeur posait des yeux méprisants sur mon ami Cai. J'avais l'impression de voir un nuage épais et sombre prêt à exploser en une pluie de haine sur le sol lumineux. Madame Sheng n'était pas contente de Cai, parce que ses notes étaient catastrophiques. Il écrivait, de plus, sur ses copies des petits mots pour la faire enrager:

Salive positive de sexe féminin + salive négative de sexe masculin = doux baisers.

Le professeur de Chimie déversait une pluie de coups de pieds sur son pauvre derrière, et ce triste et douloureux spectacle déchirait mon cœur comme un tissu fragile. Elle criait tellement fort qu'elle faisait fuir les oiseaux qui venaient se poser sur le bord de la fenêtre de la classe.

— Cai, honte à toi et à ta famille! Ne sois pas comme les étrangers, des êtres immoraux et pervers. Souviens-toi de ma formule. Allez, tu l'écriras mille fois.

Cai lui répondait alors avec aplomb:

— Mais professeur Sheng, je pensais que c'était ce que vous aviez écrit. Je suis désolé. Je pensais que l'ion positif et l'ion négatif équivalaient à une zone neutre, n'avais-je pas raison?

– Bon, puisque tu ne comprends vraiment rien à rien, je vais demander à Iris de t'aider à faire tes devoirs de Chimie. C'est l'une des meilleures élèves, donc elle ne risque rien. Que ferait-elle d'ailleurs avec un vaurien, un nul comme toi? Et puis, ma petite Iris est intelligente, elle chante les chants révolutionnaires avec amour. Après les cours, Iris t'aidera, espèce de vaurien. Remercie-moi. Dans ce pays, nous partageons et aidons les autres. Comme je suis la moitié du ciel, je veux bien t'aider.

Après les cours de Chimie, j'allais dans le jardin de l'école rejoindre Cai, assis sur un rocher. Son corps avait la forme d'une roche élancée et je regardais ses grands yeux noirs comme du jade. Je retenais tout le temps mon souffle, quand Cai me parlait. Pourtant, j'étais désespérée car il n'écoutait pas en cours et ne montrait aucun intérêt.

Un jour de pluie, j'étais tellement abattue de voir ses résultats si médiocres que j'osai lui dire:

– Si tu ne fais pas de progrès, tu seras un vaurien comme ceux des autres pays de l'Ouest. Tu reculeras comme eux, au lieu d'avancer.

Cai s'était levé d'un bond de sa chaise et m'avait apostrophée:

– Tu es vraiment aveugle! Où sont tes parents?

– Ils sont morts.

– De quoi?

– D'avoir trop travaillé et d'avoir aidé les pauvres paysans. Comme disait Mao: «partageons les douleurs, les biens du peuple.» Mes parents ont donc assumé leur part de souffrance dans le travail manuel et ils en sont morts.

Furieux, il partit.

Depuis ce jour, Cai ne me parlait plus pendant nos cours privés de soutien. Il était maussade et distant. Je n'arrivais pas à le comprendre. Son visage, aussi lisse qu'une statue de Bouddha, me chavirait le cœur. J'aurais tant voulu franchir la zone interdite avec lui.

Il ne se passait pas un jour sans que nous apprissions l'horreur et la décadence des pays occidentaux dans nos cours d'Histoire. Cai et moi écoutions avec effroi la tragédie et le déclin des étrangers qui enviaient notre pays, l'Orient rouge. Le professeur d'Histoire nous avait distribué un texte et le lisait à haute voix:

Les Occidentaux envient la Chine et le génie des cerveaux chinois. L'occident est très pauvre et le peuple est exploité par les mauvais hommes: les patrons et les capitalistes. Les victimes pleurent et envient la Chine qui se préoccupe du peuple. La souillure et l'immoralité règnent dans les pays étrangers et ils rêvent de devenir comme la Chine, pure comme l'eau douce. Les gouvernements, jaloux de notre essor économique, de notre système de santé, de nos campagnes, et de notre éducation, nous envoient des pigeons voyageurs qui déchargent leur fiente puante sur la tête de nos élèves. Les étrangers voudraient venir chez nous; à cause de cela, le pays a dû fermer ses portes. Ils se bousculent à nos frontières, mais nous ne pouvons pas les accueillir. Pour nous protéger, nous n'avons pas d'autre choix que de fermer la Chine au monde.

Je regardais le professeur achever sa phrase et mes yeux brillaient de bonheur. Je n'en revenais pas de ce que les Occidentaux voulussent s'évader de leur pays pour venir habiter chez nous. La Chine avait dû se claquemurer, parce qu'elle ne pouvait pas accueillir toutes les victimes du capitalisme sauvage. Pour les occidentaux, nous étions des êtres intelligents aux mœurs irréprochables. À ma grande joie, les idées maoïstes s'étaient donc répandues dans le monde. On enviait la Chine.

Le soir, je me sentis si fière de mon pays que je répétai tout à mon oncle. Il comprit pourquoi nous ne pouvions pas voyager et sortir de Chine: c'était trop dangereux.

Cette nuit-là, je pleurai comme l'eau qui jaillit d'une fontaine et je pensai à ces pauvres victimes qui souffraient en dehors de la Chine. La souillure des êtres immoraux pouvait sans nul doute contaminer la Chine et nous devions la protéger de toutes nos forces.

Les cours d'Histoire m'intéressaient beaucoup, parce que je me rendais compte que Cai posait les yeux sur moi. Je sentais une chaleur insoutenable m'envahir et j'avais l'impression d'être soudainement dans le désert. Que m'arrivait-il? Pourquoi devenais-je rouge comme le drapeau chinois, quand il me toisait?

Tous les jours, son regard croisait le mien, et je me surprenais à rougir. Les yeux de Cai, peu à peu, avaient emprisonné mon pauvre cœur. Une pulsion incontrôlable me tordait l'estomac. Je prenais conscience, à mon corps défendant, que pour une jeune adolescente, il n'était pas facile de fréquenter un jeune garçon.

Cai sentit que j'éprouvais des désirs à son égard et il commença à m'écrire des poèmes. L'un de ces poèmes me toucha plus particulièrement:

Tu es mon jardin défendu

Le jardin de mon espoir.

Je cultiverai en toi la rose rouge: la passion.

Et la rose blanche : la pureté.

Tu es mon Iris dans le jardin défendu, et j'aimerais

tellement m'accaparer la moitié du ciel en déchargeant

mes ions négatifs pleins de salive.

Comme disait Eiling Chang, tout homme rêve de

posséder la rose rouge et blanche.

Salive + (sexe féminin) + salive – (sexe masculin) =

baisers sans danger.

Son poème me perturba profondément car aucun garçon ne m'avait écrit des mots aussi doux que du papier de soie. Je me demandais qui pouvait être Eiling Chang. Tout en relisant le poème, je me posais des questions. Etait-ce si dangereux d'embrasser un garçon? Comment le savoir? Il me fallait trouver un cobaye. Ce serait mon oncle.

Je décidai de lui prodiguer des câlins, l'arrosant de doux baisers. Je vis un léger sourire éclairer d'abord son visage qui devint franchement radieux comme le soleil qui inondait de lumière les feuilles des arbres de mon jardin de Pékin. Rassurée par mon test avec mon oncle, j'allai cacher le poème de Cai derrière le rocher. Pour ma grand-mère paternelle, j'étais l'iris de son jardin; pour Cai, j'étais la rose rouge et blanche. Selon lui, la rose blanche représentait la femme conservatrice, pure et intouchable, tandis que la rose rouge était la femme passionnée qui couvrait l'homme de baisers et de caresses.

Il voulait que, en public, je fusse sa rose blanche: aucune trace de sourire ni de tendresse ne devait venir illuminer mon visage. Sa rose rouge ne pouvait être cultivée que dans un jardin loin des regards curieux des espions.

Cai pensait qu'il pouvait s'accaparer les deux

roses en ne courant aucun danger. Le roman d'Eiling Chang, «Rose rouge et Rose blanche», l'inspirait et il recherchait la femme en ces deux roses. Il se disait que tous les hommes recherchaient ces deux types de femme. Quand l'on n'avait que la rose blanche à la maison, on cherchait la rose rouge, c'est à dire une maîtresse. En bref, la femme idéale devait être un mélange des deux roses afin d'assouvir les désirs et les passions de l'homme.

Cependant, me comparer à deux roses n'était pas sans danger. A l'époque, si un garçon donnait la main à une fille en public ou l'embrassait, telle une vague se mêlant au sable, le proviseur de l'école pouvait l'expulser. Les roses blanches se répandaient dans toute la Chine, et l'on faisait une véritable chasse aux sorcières après toutes les roses rouges. Nous devions écrire en classe: «Les baisers sont pour les Occidentaux. Ils corrompent le cerveau. Quiconque s'adonne aux jeux de l'amour et du hasard est un esprit faible.»

Si cela était vrai, pourquoi mes baisers affectueux avaient-ils rendu le visage de mon oncle resplendissant? J'avais pris sa main dans la mienne et je n'avais pas trouvé que la tendresse que je lui avais montrée l'eût contaminé.

Ma salive de sexe féminin me mettait en péril car elle voulait se mêler à la salive masculine de Cai. Mon ami me décochait des oeillades, frôlait mon pied, et me touchait doucement la main de manière défendue sous la table. Nous risquions à chaque instant de déshonorer nos ancêtres, puisque que notre passion pouvait ruiner la Chine. Ce grand pays qui avait su se fermer aux étrangers ne pouvait pas être souillé par nos vils désirs. J'étais le grand amour de Cai. Il avait écrit une formule en cachette et me l'avait fait passer pendant le cours de Chimie:

Jardin caché + nos deux salives = baisers doux

dans ton jardin de Pékin (électrocution sans risque).

Il m'avait aussi écrit ce mot qui me toucha:

Dans notre jardin de désir,

Il y a la porte du jardin de Pékin qui mène au bonheur

Ouvrons ensemble cette porte et je traverserai

toujours dans mon cœur

Les fleurs d'Iris.   Tu seras la montagne cachée que

j'illuminerai avec mes yeux.

Tu seras la rose rouge et blanche dans le jardin de

Pékin que j'arroserai de salive.

Nous prîmes le chemin boueux et rocheux à la sortie de l'école, et nous marchâmes longtemps sur le sentier caillouteux qui menait à la liberté, mon Jardin de Pékin. Nous nous étions jurés de ne jamais révéler l'existence de cet endroit aux autres.   Nous traversâmes un pont courbé comme une colline.   Nous gravâmes sur les rochers des caractères de paix et de tolérance: amour 爱 et liberté 自由.   Admirant la sagesse des bambous, nous avions l'impression d'ouvrir la fenêtre du bonheur.   Devant le lily, nous pensâmes à la légende qui disait que cette plante aiderait les hommes à oublier leurs problèmes.

Assis sur le bord du rocher, les jambes allongées, notre corps prenait la forme d'une colline. Nous savourions en silence la pureté du lotus. Nous contemplions de loin la Cité Interdite, les rues en forme d'araignée et les bras des arbres qui se tendaient vers le ciel.   Nous suivions des yeux les silhouettes des passants qui traversaient les rues sinueuses. Soudain, Cai s'approcha de moi et ses lèvres se collèrent aux miennes. J'avais l'impression que ma bouche parcourait une vallée. Mes yeux se perdaient dans les siens et nous nous donnions la main. Nous étions libres d'exprimer notre amour dans ce lieu secret pavé d'iris.

Jour après jour, après les cours, nous nous rejoignions dans le jardin de Pékin. Nos idées fusaient et nos baisers foisonnaient. Nous étions comme le nuage et la pluie qui se mélangent avant d'exploser ensemble. Cai aimait toucher ma robe et il avait l'impression d'être au marché de la soie. Mes prunelles brillaient comme du jade.

Cai me lisait le livre d'Eiling Chang, «Rose rouge et rose blanche», et me répétait la fameuse phrase de l'auteur:

« l'homme rêve de posséder la rose rouge et blanche. »

Nous avions gravé cette phrase sur un rocher.

Cai se demandait pourquoi nous devions cacher notre amour. Pourquoi était-il interdit de s'embrasser en public et de tenir la main de l'être aimé? Je lui répondis alors que la formule du professeur de Chimie était la raison logique. Il se moquait de ma naïveté et de mon amour pour les chants révolutionnaires. Il regardait les soldats, la police envahir les rues et disait:

   — Pourquoi penses-tu qu'ils nous épient?

   — Le professeur d'Histoire a dit que les étrangers enviaient notre armée qui sillonne toute la Chine.

   — Oui, dis-moi pourquoi? interrompit Cai
—Parce que la police et les soldats veulent nous protéger. Nous ne nous sentons pas abandonnés comme les pauvres étrangers. Les Occidentaux voudraient avoir une armée qui protège les pauvres orphelins dans les rues. Pékin est calme

et je me sens en sécurité dans ce pays. Les Occidentaux nous envient une telle tranquillité et une telle sécurité. Il n'y a pas de violence en Chine. Regarde, en revanche, les Etats-Unis avec leur taux de violence. Il y a beaucoup de crimes, de viols, ce sont des animaux capitalistes.

Cai ne disait rien. Je sentais bien qu'il ne partageait pas mon avis.

Il aimait aussi faire mon portrait. C'était un grand artiste. Il caressait longuement mon visage avant de le coucher sur la toile. Il disait que mes seins étaient comme deux montagnes aux sommets pointus. Mon ventre était une colline en pente douce. Mes jambes étaient semblables à deux longs rubans de soie.

Ses mots transperçaient mon pauvre cœur éperdu d'amour et je le laissais toucher mon corps défendu.

Lorsque nous allions à l'école à vélo, il prenait plaisir à regarder le vent fouetter mes cheveux. Il me contait qu'il avait l'impression de voir défiler les feuilles de bambous de notre jardin.

Ses grands yeux noirs dévoraient les miens, pensait-il à l'insu des professeurs. Cependant, ses regards pouvaient représenter une menace sérieuse et trahir à tout instant l'amour qu'il éprouvait pour moi. Chaque fois que ses yeux croisaient les miens, ils flamboyaient comme des braises ardentes. Nous étions à deux doigts de devenir suspects dans l'esprit de plusieurs de nos professeurs.

Un hiver lugubre s'était installé à Pékin. La neige comme un aigle blanc, avait recouvert les toits; les flocons blanchissaient nos têtes. J'aurais pu voir en ce spectacle un mauvais présage à notre amour dans ce jardin, mais la saison paraissait si magnifique que je savourais chaque boule de neige que je lançais sur Cai. Nous nous amusions à écrire nos noms sur la surface blanche. La neige qui tombait les recouvrait aussitôt, comme pour mieux annihiler notre amour. Nous mangions de la neige froide, et mon visage devenait glacé comme du givre.

Alors que nous nous caressions les cheveux, nous entendîmes un craquement venant du rocher. Une ombre gigantesque soudain nous surplomba, et à notre grande surprise, nous reconnûmes le professeur de Chimie. Je serrai la main de Cai; nos cœurs battaient à tout rompre. Ma bouche était douloureuse et je ne pouvais déglutir. Le professeur nous attrapa par les oreilles et hurla comme un dément:

— Qui a commencé?

Pétrie d'angoisse et tremblante de peur, je lui répondis:

— Ce n'est pas moi. Je suis innocente.

— Je le savais bien que tu n'étais pas responsable, rétorqua le professeur. C'est ce bon à rien qui t'a forcée à commettre ces actes immoraux.

Pour que le châtiment ne retombât pas sur mon oncle, j'avais menti. Je n'avais pensé qu'à sauver mes études. Heureusement que les poèmes que Cai m'avait écrits étaient bien cachés sous le rocher. Je n'arrivais pas à comprendre pourquoi je n'avais pas défendu Cai davantage.

Nous fûmes conduits au bureau du proviseur et Cai y fut l'objet de toutes les réprimandes. Je fus lâche et j'accusai Cai de m'avoir embrassée de force. Poignardé par la femme qu'il aimait, Cai me foudroya du regard. Le proviseur s'emporta et l'injuria violemment :

Tu as envoyé ta salive honteuse et indélébile sur notre meilleure élève qui chante les poèmes de Mao. Les professeurs sont comme les jardiniers. Ils essayent de tailler un arbre à leur façon. Si un arbre pousse en liberté, sans une main experte pour le soigner, il se laissera ronger par les insectes et endommager par le vent. Les mauvais élèves sont comme les mauvaises plantes, et dans mon école, je n'entends garder que les bonnes. Jamais tu ne me feras croire qu'une fille intelligente comme Iris se perdrait avec un vaurien comme toi, un élève sans avenir. Tu as abusé sans vergogne d'une pauvre orpheline.

Alors Cai fut frappé, roué de coups de poings, et je souffris à la vue de ses joues tuméfiées, prêtes à exploser. Lorsqu'il sortit du bureau, mes camarades de classe et les professeurs le traitèrent de criminel et de libertin. Mon cœur se serra et pleura en silence.

Cette nuit-là, la lune était absente et je recherchai en vain dans le ciel la déesse grecque qui s'y cachait pour emporter mon âme perdue. J'aurais voulu cultiver le Lily pour oublier mes problèmes.

Le lendemain, la nouvelle tomba comme un éclair du ciel: Cai avait été renvoyé et il n'y avait pas un lycée dans tout Pékin qui ne voulût l'accepter. Il était désormais rangé dans la catégorie des libertins et des dangereux pervers sexuels. Je regardais les flocons de neige virevolter dans l'air comme les pétales blancs qui se détachaient des fleurs. La lumière glauque de l'hiver éclairait le sombre bois de pins, et je ne pouvais m'empêcher de penser à Confucius qui disait: «Les aiguilles de bois de pin en hiver ne meurent jamais, elles vivent longtemps». L'amour entre Cai et moi eût dû être semblable à la vie des aiguilles de pin: éternel.

Les cours maintenant m'ennuyaient et Cai me manquait. Je regardais son pupitre vide et j'avais le cœur brisé. J'appris qu'il était considéré comme un criminel dans l'éducation nationale chinoise parce qu'il m'avait embrassée. Dans tout le pays, les proviseurs connaissaient son nom. Cette situation me rendait triste, lorsque je regardais les oiseaux s'envoler. L'odeur des saules pleureurs et celle des lotus me faisaient souffrir et semblaient dénigrer l'être mensonger qui abritait mon corps.   L'hiver à Pékin me parut long et funèbre, malgré la beauté des bois de pins. Le printemps vint et avec lui le chant des oiseaux, mais rien ne put cicatriser les déchirures de mon cœur. L'automne arriva et, mélancolique, je regardais les feuilles des bouleaux jaunir. Je revoyais ma silhouette et celle de Cai avançant à travers un océan d'arbres. Mes joues avaient perdu leur éclat. Mes yeux étaient mornes, mon regard sombre comme l'entrée d'une grotte et je devins une rose blanche dans mon jardin de Pékin.

Un an s'enfuit comme un tourbillon de feuilles mortes. Je réussis le fameux baccalauréat chinois qui consistait à avaler comme un bol de riz des textes appris par cœur. Je fus admise au sein de l'une des meilleures universités du pays: l'université de Pékin.

Tous les jours j'étudiais la langue française et le Droit. Je pensais que les deux sujets allaient de pair. En traversant l'allée des roses rouges et blanches, des souvenirs douloureux rejaillissaient comme une fontaine et des questions sans réponses torturaient mon âme: «Pourquoi Cai est-il considéré comme un criminel puisqu'il prône le libre amour?». «Pourquoi est-ce un délit et un crime de donner la main à l'être aimé?».

Plus j'avançais dans le jardin de Pékin, plus je me remémorais les baisers voluptueux et sans entraves échangés avec mon amant. Que ce temps me paraissait loin déjà ! J'étais devenu une femme glaciale comme le givre. Aucune trace de sourire ou de tendresse ne venait plus illuminer mon visage. Même la lumière qui traversait les saisons ne pouvait réchauffer mon cœur. Cai et moi avions transgressé la loi; en dévoilant notre amour publiquement, nous avions commis un crime contre l'humanité. À l'évocation du terme même d'humanité, j'imaginais que le ciel allait déverser un milliard de grêlons sur mon jardin.

Perdue dans mes pensées, je me projetai dans une autre époque importante de l'histoire de Pékin: le mouvement étudiant de 1990.

Je voulais le changement et je ne supportais plus que l'amour dût être un sujet tabou entre les individus. Je voulais que les jardins s'ouvrissent et que les passants regardassent les êtres heureux s'aimer et envier le plaisir des baisers. Je voulais qu'on ne dénonçât pas ceux qui s'enlaçaient et qui goûtaient au vrai bonheur. J'étais devenue active dans les mouvements d'étudiants et je prônais l'amour et le concubinage avant le mariage. Je racontais tout le temps mon histoire aux étudiants. Cai et moi avions commis un seul crime, celui d'échanger des baisers. Je posais des questions délicates à ceux qui assistaient à mes réunions clandestines. Étais-je une criminelle pour avoir embrassé mon amant dans notre jardin de Pékin? Pourquoi dénoncer les êtres qui prônent l'amour et non la haine? Devait-on se marier pour éprouver le plaisir d'embrasser un homme? Je risquai ma réputation en m'engageant dans un mouvement qui prônait la démocratie et le droit au libre amour. J'attirais les foules et j'avais l'impression d'être le grand éducateur, amoureux de la langue française: Cai Yuan Pei. Je combattais l'intolérance en m'en prenant au manque d'amour qui frappait ce pays.

Je voyais avec les saisons qui passaient la colère des étudiants qui voulaient du changement gronder de plus en plus. On ne comptait plus les camarades expulsés des campus pour avoir commis le crime contre l'humanité: échanger des baisers. Cela me transperçait le cœur à chaque fois et je voulais agir, alerter le public, lui ouvrir les yeux sur le climat de haine et de délation qui régnait dans ce pays.

La place Tian An Men semblait l'endroit parfait pour exprimer notre révolte, parce que Mao Ze Dong y avait annoncé la Nouvelle République. Ce jour-là, le vent hurlait parce que les héros faisaient la grève de la faim. Le chant monotone des aigles résonnait dans toute la ville et recouvrait nos chants de douleur. Les faibles lumières de la ville vacillaient dans l'obscurité. Soudain, l'armée fit son entrée. Au loin, on pouvait entendre des coups de feu. Des militaires insensibles tiraient sur les civils et sur les étudiants! Le tonnerre grondait. Les chars arrivèrent et envahirent la place Tian An Men. De gigantesques pancartes de propagande apparurent dans les rues, proclamant que les ennemis du peuple devaient être jugés.

Le drapeau rouge communiste flottait au vent. Les haut-parleurs diffusaient sans discontinuer des chants militaires et révolutionnaires. Le quotidien du peuple annonçait que les conspirateurs avaient été arrêtés et jugés. Tous étaient des étudiants à l'avenir auparavant prometteur. Tian An Men retrouverait le calme, le symbole du Grand Timonier.

Je m'enfuis vite de la place, car la radio avait répandu mon nom. J'étais la mauvaise qui voulait que les femmes fussent des roses rouges et blanches en public. On m'avait surnommée la rose rouge criminelle. J'aimais les livres de la dangereuse Eiling Chang. Elle avait fui le communisme et on avait déchiré ses livres en public. Les soldats me cherchaient partout.

En voyant mon nom dans tous les journaux et sur les affiches de l'université, l'un de mes amis décida de m'aider. Il sut me retrouver dans mon jardin de Pékin où je m'étais cachée derrière le gros rocher. Il me conseilla d'aller loger chez sa tante. San était un garçon engagé dan le mouvement étudiant et ses parents étaient morts dans des camps de rééducation. Lui aussi voulait le changement. Hébergé par sa tante, il taisait sa haine au fond de son cœur.

Nous marchâmes des heures et des heures et mes ampoules aux pieds étaient prêtes à exploser comme les nuages noirs qui traversaient le ciel. Arrivés devant la maison de sa tante, San frappa à la porte. Nous entendîmes une voix hurler:

— Qui est là?

— C'est moi, San.

La tante ouvrit la porte et cria:

— C'est la criminelle ! Je vais appeler la police.

— Non, cria San. Il faut que je l'aide à s'échapper du pays. Sa vie est en danger. Je faisais aussi partie du mouvement étudiant, mais personne ne le sait. Alors aide-moi.

Sa tante me fit entrer. Elle me dévisagea et resta silencieuse comme un rocher isolé au milieu des eaux.

Je tremblais trop pour être capable de parler.

Lorsque son neveu sortit, la tante me rabroua avec une rare violence:

— Criminelle, traîtresse. Pourquoi as-tu recruté mon neveu dans ton mouvement ?

Je parvins à lui répondre dans un souffle :

— À cause de l'amour et de la liberté d'aimer.

Pourquoi ne devrais-je pas tenir la main à un homme en public? Quel crime ai-je commis d'embrasser un garçon dans mon jardin de Pékin? Pourquoi devons-nous nous cacher pour exprimer notre amour? Je veux être la rose rouge et blanche qui s'épanouit dans un jardin libre et tolérant.

— Quoi? Tu es folle à lier. Tu as organisé un complot contre le gouvernement pour devenir une rose rouge et blanche? Mais tu dérailles complètement!

— Vous voyez, vous ne comprenez pas mon langage. On vous a empoisonnée l'esprit avec le Petit Livre Rouge et vous ne comprenez pas ce que l'amour signifie. Nous sommes tous prisonniers dans un pays qui ne veut pas ouvrir la porte au bonheur. Nous sommes piégés.

— Insensée! Il faut se marier avant de commettre des actes étrangers.

— Des actes étrangers? coupai-je.

— Oui, comme le font les Occidentaux qui s'embrassent avant de se marier. Je les ai vus dans les films américains. Ce sont tous des êtres immoraux!

— Mais les Occidentaux savourent le plaisir et sont libres dans leur jardin. Personne là-bas ne songerait à dénoncer un couple qui s'embrasse.

— Sortez de chez moi! Je vais appeler la police. Vous avez fomenté un mouvement clandestin pour faire pousser les fleurs rouges, c'est de la démence gravissime.

San qui se tenait devant la porte, entra brusquement.
— Héberge Iris ce soir, je t'en supplie. Demain, à l'aube, nous partirons. Si tu appelles la police, je

mourrai avec elle.

Un voile de tristesse recouvrit le visage de la tante qui consentit finalement à me laisser passer la nuit chez elle.

Je fermais les yeux ; je pouvais voir les chars envahir les rues de Pékin, les civils courir, hurler en cherchant à fuir sous une pluie de balles meurtrières. Je me souviens de m'être réveillée en sursaut. La tante, le visage hirsute déformé par la haine, me jeta mes vêtements à la figure:

— Vite, allez-vous-en, ingrate ! Vous avez la chance et le privilège d'étudier dans la meilleure université de la Chine, alors même que très peu de Chinois accèdent à l'université. Vous êtes nourrie, logée. Vous devriez remercier notre pays et, au contraire, vous l'avez trahi.

Je tentais bien de me défendre:

— Je ne fais de mal à personne, je prône seulement le libre amour. Je veux pouvoir écrire des poèmes d'amour et échanger des billets doux sans avoir peur d'être dénoncée. Voilà ce que je veux: plus d'humanité.

— Mais la Chine s'est sacrifiée par amour de son peuple. Mao s'est sacrifié pour les femmes. Mao est notre sauveur, lui, ce grand poète qui a mis fin aux petits pieds bandés et mutilés de nos compagnes. Les femmes maintenant, grâce à lui, peuvent étudier. Mao disait que nous étions la moitié du ciel; nous lui devons l'émancipation de la femme. Ne l'oubliez pas! Vous mettez mon neveu en danger. A cause de vous, le pays est déchiré. Qu'avez-vous contre le Petit Livre Rouge et les poèmes de Mao? Comment pouvez-vous être contre un si grand poète, contre celui qui nous sauva de l'ennemi japonais? Vive le mouvement maoïste, cria-t-elle enfin, avec une rage exaltée.

Le vent amplifiait sa voix ténébreuse et portait l'écho de notre dispute aux portes des voisins. De peur d'être dénoncée, je m'enfuis vite de ce lieu maudit, poursuivi par les injures de la tante:

   — Je vous hais, traîtresse!

Je m'enfouis le visage dans les mains et je me mis à pleurer sans discontinuer. Soudain, une ombre me recouvrit. Je me retournai et vis mon camarade San qui venait à mon secours.

   — Viens, ne restons pas là. Il te faut partir. La police te recherche activement. Hong Kong est ton unique porte de salut. J'ai un ami sûr qui habite là-bas. Fais-toi oublier pour un temps. Que l'Armée n'entende plus parler de toi. Pour l'instant, un camarade peut t'héberger pas loin de Pékin. Viens, suis-moi.

Je me souviens encore de ces longues routes poussiéreuses, des ampoules aux pieds qui me torturaient, de la fatigue insondable qui m'envahit en route vers le logis de l'ami de San.

L'Armée perquisitionnait les maisons et les soldats apportaient la ruine et la désolation. Ils détruisaient tout ce qu'ils touchaient. Pékin avait besoin de forces de police en plus grand nombre et avait fait appel à des renforts en provenance du sud de la Chine. On avait assigné à l'un d'entre eux, juste promu à ce poste, de chercher la criminelle, en compagnie de membres de l'Armée. Il découvrait avec émerveillement les changements survenus à la Chine de son enfance.

   — Quand j'étais lycéen ici, je voyais partout des bambous, des saules pleureurs, des bois de pins, des maisons avec une petite cour. Aujourd'hui, je découvre des grands magasins, des HLMs et des autoroutes.

— Tu as raison, dit l'un des officiers qui l'accompagnaient. Je note que l'an dernier, les logements ont poussé comme des champignons. Notre gouvernement prend bien soin du peuple. Tu sais, on devrait visiter la ville, au lieu de chercher cette criminelle qui prône l'amour libre en Chine. Quelle folie d'aller à sa recherche!

— Non, dit le policier. Il faut capturer cette criminelle. Elle est dangereuse parce qu'elle répand les idées d'Eiling chang.

— Eiling chang? Qui est-ce? demanda l'un de ses collègues.

— Une aristocrate qui écrivait des livres érotiques! Lui répondit le policier

— Vraiment?

— Oui, elle ne cessait de dépeindre les tensions entre les hommes et les femmes. Dans ses livres, elle ne parlait que de trahison, de luxure, de divorce et de libertinage. Elle épousa un traître à la Chine, Hu Lan Cheng, qui collabora avec les Japonais. Eiling chang était amorale. Quand Hu Lan Cheng la rencontra et qu'elle devint sa maîtresse, il vivait encore avec sa troisième épouse. Il nous faut donc attraper cette criminelle apôtre de Eling Chang. Comme l'auteure maudite, elle prône les roses rouges et les roses blanches à travers le pays! Il faut arrêter cette rose rouge avant qu'elle ne fasse plus de mal.

Arrivés devant la maison de mon oncle, le policier et les soldats frappèrent brutalement à la porte. Mon oncle l'ouvrit vite et fut surpris à la vue du policier. Son visage lui semblait vaguement familier, mais il ne pouvait pas se souvenir où il avait pu le rencontrer.

— Perquisition, annonça le policier d'un ton sec et cassant.

— Entrez, je vous prie, dit l'oncle en lui cédant le passage.

— Où est votre nièce? interrogea le policier.

— Elle n'est pas ici. Elle ne fait plus partie de ma famille.

Le policier scruta tous les recoins de la pièce et son regard s'arrêta sur ma photo; un silence de marbre se fit dans la salle. Mon oncle, surpris de voir les yeux du policier soudain embués de larmes, l'interrogea:

— Qu'avez-vous?

— Rien, elle est très belle votre nièce.

— Oui, mais que voulez-vous faire. Elle a choisi le mauvais amour de sa vie au lycée. Depuis l'expulsion de ce vaurien de Cai, elle est devenue une criminelle qui prône la rose rouge et la rose blanche dans toute la Chine. Et vous savez, elle n'arrêtait pas de cultiver des roses rouges et blanches dans le jardin de sa grand-mère paternelle. N'est ce pas triste de voir une si jolie fille tomber amoureuse d'un vaurien, d'un pervers sexuel ?

Une immense tristesse emplit le cœur du pauvre policier.

— Où se trouve sa chambre? demanda-t-il.

— Là, à droite de la cuisine.

Il laissa aux soldats le soin de garder l'oncle et il entra dans la chambre.

Il fut ébloui par la beauté du lit. Celui-ci se dressait entre deux étagères, soyeux comme la statue lisse de Bouddha. Sur la commode, il découvrit un vase rempli de roses rouges et blanches. La vue des fleurs piqua son cœur d'épines. Sur le bureau s'entassaient des livres: «Rêve du pavillon rouge», «Les trois royaumes». Deux livres étaient posés sous un vase d'iris: «La rose rouge et blanche» de l'auteur Eiling Chang et «Le jardin de repos» de Bajin.

Il souleva le vase et feuilleta le livre de Bajin. A sa grande surprise, il découvrit des poèmes de Cai:

Tu seras toujours la rose rouge et blanche
Que je cultiverai dans mon cœur.

Le policier y trouva aussi une autre note:

Je suis la rose rouge et blanche de Cai et je cherche un jardin libre et tolérant pour cultiver mes souvenirs, mes regrets et mes désespoirs de n'être plus avec l'homme qui m'apprenait à aimer. Je ne suis qu'une rose blanche qui meurt étouffée dans un pays ennemi de l'amour libre et des baisers en public.

À peine eut-il fini de lire la note que les soldats se précipitèrent dans la chambre et le poussèrent sans ménagement. Ils déchirèrent les draps, jetèrent au sol les roses rouges et blanches et le livre de Bajin.

— Que faites-vous? cria le policier. Pourquoi piétinez-vous les roses?

— Quoi! Ce ne sont que des roses!

— Non, la rose rouge représente le drapeau chinois, le communisme. Le blanc, c'est la mort de l'ennemi. Il faut donc les deux pour se débarrasser des ennemis de la patrie.

Les soldats se mirent alors à ramasser les roses rouges et blanches, et remplirent le vase d'eau.

— Regardez ce que vous venez de faire. Vous avez détruit un livre sacré: «Le jardin de repos» de Bajin.

— Qui est Bajin? demanda l'un des soldats, ignorant tout des auteurs de la Nouvelle République.

— C'est un grand ami de la Chine. Allez, recollez la couverture et les pages. Bajin serait en colère et vous seriez tous jugés. Oh la la! s'exclama-t-il, vous avez déchiré un autre livre sacré.

— Lequel? crièrent en chœur les soldats.

— Les poèmes de Mao Ze Dong.

— C'est vrai?

— Oui, regardez, vous avez déchiré l'un des poèmes adorés de Mao: «La Grande Marche». Ecoutez, je vous conseille de partir au plus vite, car vous risquez maintenant la peine de mort. Vous êtes devenus des criminels. Allez, rentrez chez vous, je vais m'occuper de l'affaire.

— D'accord. Nous vous supplions de ne rien dire. Nous irons nous recueillir sur la tombe du Grand Timonier pour lui demander pardon, et nous chanterons La Grande Marche.

— Très bonne idée! Maintenant, vous êtes des héros, dit le policier.

Les soldats s'enfuirent vite de la maison et le policier resta seul dans la chambre qui donnait sur le jardin de Pékin.

Il ouvrit la porte et se mit à fouiller les alentours. Il traversa l'allée des roses rouges et blanches, et se dirigea vers le rocher. Celui-ci se dressait majestueusement. Il creusa la terre et découvrit les poèmes de Cai.

   — Elle a donc caché tous les poèmes de son amant sous ce rocher, se dit le policier.

Il resta des jours et des jours à camper devant la maison, car il était persuadé que la criminelle allait revenir chercher les poèmes. Chaque matin, il traversait les rues caillouteuses qui menaient au jardin de Pékin. Il se cachait derrière le rocher et attendait la criminelle. Mais la criminelle ne venait pas.

Les saisons passèrent et il découvrit un tout autre aspect du jardin. À l'automne, les feuilles devenaient rougeâtres. Avec l'arrivée de l'hiver, les roses rouges et blanches se fanaient. Le bois de pins lui donnait l'espoir d'une longue vie. La pureté du lotus, qui s'ouvrait au lever du soleil et se refermait à son coucher, lui procurait l'impression de voir le dieu du Soleil. Apercevant un lotus rose sur l'eau, il crut le voir émerger de sa corolle.

Il avait compris que les fleurs d'iris étaient importantes pour moi et que je devais les cultiver dans mon jardin de Pékin. Ma grand-mère paternelle aimait les voir pousser au printemps. Chaque fois que je contemplais les fleurs sortir, l'âme de ma grand-mère me paraissait poindre. Dès que les premières naissaient, d'habitude j'allais avec Cai les cueillir et nous les mettions dans mon panier.

Après être restée cachée plusieurs mois, je décidai d'aller voir les fleurs d'iris du jardin de Pékin une dernière fois et d'emporter tous les poèmes de Cai. Le printemps s'annonçait ; c'était un jour gai et radieux. Les nuages semblaient comme suspendus dans le ciel et le soleil tentait vainement de les éviter. Je pris les sentiers sinueux et les rues boueuses qui menaient à mon jardin de Pékin. Arrivée enfin à la maison de mon oncle, je me faufilai discrètement et passai dans le jardin. J'avais apporté mon panier.

Mon jardin était une scène de théâtre que les rayons de soleil, filtrés par le feuillage luxuriant des arbres, illuminait. Je retrouvai avec bonheur le sombre rocher, je criai de joie à la vue des premières fleurs d'iris et des lotus qui émergeaient de l'eau. Les oiseaux m'accueillirent avec des chants de bienvenue et volaient autour de moi. Alors que je m'approchais du gros rocher, une ombre m'enveloppa. Quand je me retournai, je ne vis que des feuilles emportées par le vent. À peine eus-je touché le flanc du rocher que je sentis une main frôler mon dos. Alors, tremblante de peur, je me retournai et criai:

— Mon dieu, c'est toi? C'est bien toi?

— Oui, c'est moi, Cai.

— Pourquoi es-tu déguisé en officier de police?

— Je suis policier et l'on m'a donné l'ordre d'arrêter la criminelle qui répand ses idées dans toute la Chine. Mais ne crains rien. Je suis venu pour t'aider et te faire passer à Hong Kong.

Mes yeux fixèrent le visage de Cai. Il n'avait pas changé, mais son visage était devenu plus dur. Son uniforme vert moulait ses cuisses, serrait ses hanches, et laissait ressortir son ventre. Ses cheveux ressemblaient à un long fleuve lisse et soyeux. Il me prit la main et se promena avec moi. Nous caressions les mots que nous avions sculptés sur le rocher: amour, liberté. Le bonheur jaillissait dans nos yeux comme une fontaine de jouvence. Nous errions dans le jardin et contemplions les premières feuilles qui poussaient. Nous avions l'impression que le printemps allait répandre un monde de paix et de tolérance.

Perchée sur le rocher, j'appuyai ma tête sur l'épaule de Cai ; je me sentais comme une feuille suspendue à sa branche. C'est Cai qui me serra le premier dans ses bras. Je le respirai avec ivresse. Soudain, il entreprit de me dévêtir. Ma chair frissonnait. Mon corps qu'il embrassait était semblable à un lac endormi. Mon ventre était comme une colline lisse qu'il couvrait de baisers. Mes seins étaient comme deux dunes de sable. Mon visage lunaire prenait des tournures sensuelles. Ma bouche, comme un volcan en éruption, laissait échapper les vapeurs du désir. Lorsque Cai envahit mon corps, il pénétra une végétation interdite et le volcan si longtemps éteint explosa enfin.

La nuit arriva et je me levai, ressentant entre mes cuisses la douleur d'une vierge devenue femme. Les oiseaux amis cautérisaient mes blessures de leurs chants joyeux et complices.

Cai se leva puis m'habilla et me coupa les cheveux. Je ravalai mes larmes en pensant à ma grand-mère paternelle qui me disait souvent: «Tes cheveux sont soyeux comme les pétales de la fleur d'iris.»

Une fois déguisée en soldat, nous partîmes. Cai m'aida à franchir d'innombrables collines, des centaines de sentiers boueux qui nous menèrent au bateau pour Hong Kong. En chemin, je lui demandai:

— Pourquoi n'as-tu pas voulu me tuer?

— Je ne peux pas tuer l'iris. Selon la légende, c'est une princesse. J'ai des papiers, un billet pour Hong Kong. Nous franchirons ensemble l'eau qui mènera au port et là, tu seras libre. Surtout, ne parle pas, tu es mon soldat. Va-t'en ailleurs cultiver un nouveau jardin où tu pourras voir pousser les fleurs d'iris, les roses rouges et blanches. Tu es ma rose blanche qui est devenue la rose rouge que l'on doit cacher. Je sais que tu seras la rose rouge et blanche dans un autre jardin et que tu seras heureuse.

Ces mots me transpercèrent le cœur comme des flèches. Il n'avait pas changé. Il m'expliqua que l'armée l'avait accueilli à bras ouverts. Ses parents désespérés ne voulaient plus le voir et il était devenu policier.

La traversée en bateau se passa sans problème parce que je portais l'uniforme et que j'avais pour mission de contrôler le port de Hong Kong. Un des amis de San m'hébergea et je fus sauvée. Un jour j'entendis parler d'un jardin particulier: le jardin de la Louisiane. Je décidai d'y aller cultiver les roses rouges et blanches en souvenir de Cai.

Les rayons de soleil éclairant les mousses espagnoles et les petits ponts en forme de colline surent me conquérir. Je revois encore mes années passées à l'université de Tulane à apprendre le français et la langue Cajun. Mon visage est maintenant sillonné de rides et je me dis que je mourrai sans doute dans ce jardin de la Louisiane dont je suis la rose rouge et blanche. Je marche, libre comme le vent, sur les berges du Mississippi. Les flots boueux engloutissent les pétales des deux roses que je jette au vent. Je veux croire que Cai saura les trouver et viendra me rejoindre dans le jardin de la Louisiane. Je l'attends.